Spring Love Story

Chalice Autumn
Marine Conan
Elisa Forest
Astrid Morrigan
Aurélie Philippe

Spring Love Story

Chalice Autumn
Marine Conan
Elisa Forest
Astrid Morrigan
Aurélie Philippe

Correction : Emilie Godbille
Illustration de couverture : Clothilde Blondot
(@amazing_bookcover)
Dépôt légal : mars 2022
ISBN : 978-2-9579453-4-4

Les Scribouillettes

Les Scribouillettes sont un groupe de cinq amies, toutes animées par la même passion : l'écriture. Au départ, ce petit groupe n'était là que pour se motiver mutuellement dans ce qui semble souvent être une aventure solitaire.

Puis, leur est venue l'idée de se challenger avec l'écriture de petites nouvelles sur un même thème. Ainsi est né le "scribouille challenge". Lors de ce challenge avec un thème imposé (ici la renaissance du cœur, pour fêter le printemps), elles devaient produire une nouvelle découpée en dix-sept posts sur Instagram.

Spring Love Story est le deuxième recueil des Scribouillettes après *Santa Love Story* qui retraçait, dans quatre nouvelles différentes, la rencontre entre le père et la mère Noël.

Nous espérons que notre plume vous plaira et que vous prendrez autant de plaisir à lire que nous avons eu à écrire ces nouvelles sur le thème du printemps !

Bonne lecture.

Table des matières

Un amour de lapin

Elisa Forest

— Louise ! Viens dire bonjour à Victor ! On va bientôt partir !

Je grommelle en entendant ma mère m'appeler. Je n'ai aucune envie de voir son dernier mec en date. Si c'est pour faire semblant de sourire, de rire à ses blagues ou de m'intéresser à lui : NON MERCI ! J'ai déjà donné avec Thomas, Pierre, Gilles et tous les autres. Depuis le départ de papa, c'est le défilé !

Certes, je souhaite à ma mère de trouver le bonheur, et si elle pense que ça doit passer par l'amour, très bien. Mais elle n'est pas obligée de tous me les présenter, si ? Surtout ceux qu'elle voit moins d'une semaine.

De mon perchoir, je vois maman qui sort sur la terrasse.

— Louise ? Tu m'entends ?

Je pourrais faire mine que ce n'est pas le cas. Après tout, mon casque est là, à portée de main, je pourrais le glisser sur mes oreilles et hop ! Ni vu ni connu. Je croise le regard de Tigrou, notre chat. Même lui semble me juger. Je pousse un soupir. Que c'est dur d'avoir une conscience…

— J'arrive maman !

Je descends l'échelle de ma cabane et saute dans l'herbe fraîche. Je jette un œil en direction des bois qui bordent notre terrain tentée de m'enfuir par là, avant de me tourner vers notre maison. Maman me fait un sourire, passe une main dans mes cheveux bruns et m'entraîne dans le salon. Je remonte mes lunettes sur mon nez quand nous arrivons devant son prétendant. Un sourire poli apparaît sur mes lèvres.

— Salut Victor ! Vous allez voir quel film, ce soir ?

Je dois l'avouer, le type n'est pas méchant. Mais je connais maman. Elle finira par revenir en trouvant un truc qui ne va pas et en fera toute une montagne. La dernière fois, c'était pour une obscure histoire de musique. Le moindre détail peut suffire à transformer le prince charmant en méchant crapaud.

Je discute avec eux quelques instants. Quand ils s'en vont, je retourne à ma cabane. Oui, à quinze ans, je devrais avoir invité une copine, pour passer la soirée à me maquiller, à mettre du vernis et à parler des garçons. Très peu pour moi. Je peux faire ça n'importe quand avec ma mère. Elle est plus adolescente que moi.

Je suis bien mieux en haut de mon arbre, avec un livre et mon chat. J'ai même fait monter une rallonge jusque là-haut pour avoir de la lumière. Maintenant que le printemps est là, je peux enfin profiter de mon refuge. Du dernier endroit où j'ai de bons souvenirs de mon père…

Je m'installe confortablement sur mes coussins et ouvre mon livre. Il n'y a qu'entre ses pages que je trouve l'amour beau. Dans la vie, ce n'est pas pareil. L'amour fait mal, manipule, abandonne, oublie. Je suis bien mieux dans mes livres. Surtout quand il y a de la magie. Je me laisse porter par la romance paranormale que je suis en train de lire et sans m'en rendre compte, mes yeux se ferment. Je sombre dans le sommeil, bercée par le ronronnement de mon chat.

Quand j'émerge, il fait nuit noire. Tigrou n'est plus là. Je tire les pans de mon gilet contre moi. L'air s'est rafraîchi. Je tourne la tête et sursaute quand mon regard en croise un autre. Il brille dans l'obscurité comme dans les plus mauvais films d'horreur que j'ai pu voir. Je cherche l'interrupteur à tâtons et allume ma cabane. Je pousse un soupir de soulagement quand je découvre un lapin devant moi.

— Comment es-tu monté jusque-là, toi ? murmuré-je.

Je tends ma main doucement, pour ne pas l'effrayer. Il me laisse le caresser. Je parviens à le prendre pour le poser sur mes genoux. Il s'y installe, comme si c'était la chose la plus normale au monde.

— On peut dire que tu n'es pas sauvage toi.

— Pas le moins du monde ! s'exclame une voix.

Je sursaute et regarde autour de moi, je cherche. La peur fait battre mon cœur à toute allure. Je ne vois pourtant personne et cette voix me paraît si proche.

— Je suis là, banane !

Je baisse la tête vers le lapin. J'entends comme un pop et un nuage de fumée violette apparaît autour de moi. Sur mes genoux, je sens le poids du lapin s'alourdir. Quand je peux enfin de nouveau voir mes jambes, je ne peux retenir le cri d'horreur qui s'échappe de ma gorge.

— C'est quoi ce délire ? crié-je.

Sur mes genoux, le lapin est devenu un garçon. Je le pousse de toutes mes forces pour le dégager de mon espace personnel.

— Aie, se plaint-il.

Je l'observe, effrayée. Il a le teint hâlé de quelqu'un qui passe du temps à l'extérieur. Ses cheveux bruns sont légèrement longs et ébouriffés. Mais le plus incroyable, c'est surtout ses deux longues oreilles qui en dépassent. Des oreilles de lapin.

— Pourquoi tu me pousses alors que t'étais en train de me faire un câlin ? demande-t-il avec une pointe de douleur dans la voix.

Je porte les mains à mes joues et les pince. Fort. Je me secoue la tête. Je me frotte les yeux. Je dois me rendre à l'évidence, je ne dors pas.

— Mais qu'est-ce qui se passe ? chuchoté-je.

Il s'assied en tailleur, se tenant bien droit et plantant son regard dans le mien.

— Je suis Korin.

J'attends la suite qui ne vient pas. Au moins, son immobilité permet à mon cœur de se calmer.

— Et c'est tout ? Genre, tu ne vas pas m'expliquer pourquoi tu as des oreilles de lapin.

— Je ne te demande pas pourquoi les tiennes sont rondes moi.

Je cligne plusieurs fois des yeux. Il commence à m'énerver.

— Tu fais quoi dans ma cabane ? crié-je, excédée.

— C'est de ta faute ! s'exclame-t-il. Tu es tellement seule que l'inquiétude de ta mère m'a convoqué. Tu pourrais faire un effort quand même.

Je ne suis pas énervée. Je suis furieuse. Comment ose-t-il ? En plus, il continue, sans faire attention à mon regard meurtrier tout en affichant un sourire qui me fait douter de la véracité de ses propos.

— Franchement, c'est le printemps ! Tu devrais être avec des gens de ton âge, en train de t'amuser. Plutôt que d'être là en train de lire.

— Dégage de ma cabane !

Mon pied me démange. Il voudrait atterrir dans son postérieur pour l'aider à descendre.

— Malpolie avec ça, rétorque-t-il. Je viens rendre service, moi, et c'est comme ça qu'on m'accueille ! Tu étais plus gentille quand j'étais sous forme de lapin.

Un nouveau pop retentit. La fumée violette fait son retour. Je retrouve la boule de poils qui était sur moi.

— Tu me préfères sous cette forme-là ?

Je dois être en train de devenir folle. Il n'y a pas d'autres explications. Je manque de sommeil, de légumes ou de n'importe quel nutriment nécessaire au fonctionnement de mon cerveau.

— Tu n'existes pas, marmonné-je. Tu es une illusion. Je vais faire comme si je ne te voyais pas. Comme si je ne t'entendais pas.

Parler à une illusion, ce n'est pas non plus bon signe pour ma santé mentale. D'ailleurs le fait qu'elle soit visuelle et auditive est encore plus inquiétant. Même mon odorat me joue des tours puisque je me rends compte qu'un fumet de paille flotte dans ma cabane. Le mieux que j'ai à faire, c'est de descendre, de regagner la maison, de m'enrouler dans ma couette et de fermer les yeux.

C'est exactement ce que je fais, en ignorant les exclamations indignées du lapin. Demain matin, tout ira mieux. Il le faut !

Le lendemain, quand j'ouvre les yeux, j'ai le plaisir de ne pas trouver de lapin. Tout le long du week-end, je ne cesse de regarder par-dessus mon épaule pour m'assurer qu'il n'est pas là. Je dois d'ailleurs avoir l'air un peu dingue quand je fais les courses avec maman et que j'examine chaque rayon avant d'y entrer. Je vois qu'elle se retient de me poser une question. C'est déjà si rare que j'accepte de venir avec elle, elle ne veut pas déclencher de dispute.

Le dimanche, je suis plus sereine. Si je suis persuadée qu'il s'agit d'une vision due à la fatigue, voire, carrément, un rêve éveillé, je ne suis pas assez sûre de moi pour retourner dans ma cabane. Je reste dans mon lit, dévorant les livres qui me tombent sous la main.

Lundi matin, je prends le chemin du lycée sans même penser à ma vision. Elle est loin dans mon esprit. Comme toujours, je m'installe au fond de la classe, près d'une fenêtre pour survivre aux deux premiers cours. Mes interactions avec mes camarades se limitent au minimum. Des « bonjour » et des « au revoir ». Je ne vois aucun intérêt à devenir amie avec eux. De toute manière, aucun d'entre eux n'a essayé de m'approcher. C'est que je ne dois pas les intéresser non plus.

À la récréation, je me réfugie dans mon petit coin à moi, devant les portes de la bibliothèque du lycée, contre un radiateur. Un endroit relativement désert. Les élèves ne font qu'y passer, ils ne s'arrêtent pas. Je m'installe au sol, mon sac à mes côtés, un livre entre mes mains. Sur mes oreilles, mon casque est posé et une douce musique s'élève. C'est mieux que la cacophonie permanente de mes camarades.

Une tête apparaît subitement dans mon champ de vision, cachant les pages de mon livre. Je sursaute en reconnaissant ses oreilles.

— Non ! Non ! Tu n'existes pas ! m'écrié-je sans faire attention aux personnes qui pourraient m'entendre.

Je retire mon casque tandis qu'il relève la tête et reste dans cette position étrange : accroupi et en appui sur ses talons. Il affiche un sourire moqueur.

— Tu es toujours sur cette idée ? Attends, je vais te prouver que j'existe.

Il se lève, une lueur déterminée dans le regard, et s'arrête devant les deux premières filles qu'il trouve. Il s'agit de terminales en plus.

— Salut les filles.

Elles s'échangent des regards.

— Euh… salut…

Il leur adresse un grand sourire et tourne la tête vers moi.

— Tu vois ? J'existe !

Je pose ma main sur mon front et tente de me cacher, de faire comme si je ne le connaissais pas.

— Oh, Louise, je te cause là, s'exclame Korin.

Les deux filles le regardent comme s'il était fou. Elles cherchent un moyen de passer alors qu'il bloque le couloir. Je me lève et attrape le bras du lapin pour qu'il leur laisse le passage.

— Désolée, il est un peu fêlé par moment. C'est aussi pour ça qu'il porte ses fausses oreilles de lapin.

Je n'ai peut-être pas d'amis ici, mais je préfère être la solitaire que la copine du taré qui se déguise en rongeur.

— Des oreilles ? De quelles oreilles tu parles ? s'étonne l'une d'elles.

— On n'a pas le temps pour vos gamineries, coupe la deuxième.

Elles s'éloignent et me laissent seule avec cet énergumène. Il s'est adossé au radiateur et me regarde en souriant. Il semble s'amuser. Moi, je retiens une envie de le frapper.

— Elles ne peuvent pas voir mes oreilles. Tu es la seule.

Je fronce les sourcils. Puisque visiblement, il n'est pas le fruit de mon imagination, c'est qu'il doit être quelque chose. J'ai beau chercher dans mes souvenirs, je ne connais aucune créature magique à la fois lapin et humain.

— Tu es quoi ?

Il pousse un large soupir.

— C'est vraiment utile de coller une étiquette sur tout ce qu'on est ? Et puis je t'ai dit que j'étais le fruit de l'inquiétude de ta mère.

J'attrape mon téléphone au fond de la poche de ma veste et lance une recherche Google avec les mots créature, magique et lapin. En dehors du Jackalope qui semble être le mélange d'un lièvre et d'une antilope, je fais chou blanc.

— Tu ne trouveras rien là-dedans. Sinon, on existerait déjà plus.

Je continue à chercher, tentant d'autres mélanges de mots.

— Il doit forcément y avoir une trace de vous. On parle bien des vampires ou des loups-garous.

— On parle tellement d'eux que c'est ce qui les a tous décimés. Il n'en existe plus un seul. Notre discrétion, c'est le succès de notre longévité.

Je baisse mon téléphone et le regarde. Il semble si sérieux. Dit-il la vérité ? Dans tous les cas, je n'en veux pas dans mes pattes. Me débarrasser le plus vite possible de lui est le meilleur moyen de retrouver ma tranquillité.

— Comment je fais pour que tu disparaisses ?

Un sourire amusé étire ses lèvres. La sonnerie annonçant la fin de la récréation retentit.

— Je dois m'en aller en cours d'histoire, annoncé-je.

J'attrape mon sac. C'est à mon tour de lui lancer un sourire amusé.

— Et tu ne peux pas venir avec moi !

Il hausse les épaules pendant que je m'en vais.

Durant toute la durée du cours, je suis fébrile. Je ne cesse de réfléchir à ce qu'il peut être. Cette histoire est complètement dingue. Je garde un petit espoir de ne plus le revoir. Même si je sais que je me fourre le doigt dans l'œil. Mon instinct me hurle que je vais le croiser à nouveau. Très vite.

À l'heure du repas, je me précipite au réfectoire. J'ignore tous les regards qui m'entourent de peur de tomber sur le sien. Malheureusement, ce maudit lapin semble avoir un radar pour me retrouver. Je suis assise depuis à peine trente secondes que déjà, il s'installe en face de moi. Je devrais vérifier mes affaires pour être sûre qu'il ne m'a pas collé une puce GPS quelque part.

— Je t'ai manqué ? minaude-t-il.

Je souffle. Bruyamment.

— Non.

Il éclate de rire. Je ne me savais pas aussi drôle.

— Sérieusement, comment je me débarrasse de toi ? Je dois faire un rituel, te lancer du sel dessus, manger de l'ail ?

Il secoue la tête.

— Tu lis trop d'histoires bizarres.

Je le foudroie du regard.

— Ils ne sont pas bizarres mes livres.

Il vole ma pomme sur mon plateau et croque dedans.

— Si tu le dis.

Je serre les lèvres et souffle par le nez. Je déteste qu'on me prenne ma nourriture. Encore plus qu'on critique mes lectures.

— Comment je me débarrasse de toi ? répété-je.

Il mâche son morceau de fruit et prend son temps pour l'avaler avant de me répondre.

— C'est simple, tu fais ce que je dis et tu me laisses gérer ta vie sociale.

— Mais j'aime ma vie sociale telle qu'elle est.

Il lève un sourcil dans ma direction.

— Ton absence de vie sociale, tu veux dire.

Je ne réponds pas. J'ai l'impression d'entendre ma mère.

— Sérieusement, c'est quand la dernière fois que tu es allée à une fête ? insiste-t-il.

Je refuse de lui répondre. Déjà, parce que je suis incapable de me souvenir de la dernière soirée à laquelle j'ai participé. Mais aussi parce que ce serait avouer qu'il a raison : je n'ai aucune vie sociale.

— Ne prends pas la peine de répondre, je sais que ça fait longtemps, se moque-t-il.

Il sort de la poche de sa veste en jean un papier tout froissé. Il le pose sur la table et s'efforce de le rendre lisse avec ses mains. Un effort qui ne mènera à rien.

— Vendredi soir, on va là ! Ensemble !

Je tente de le tuer du regard. La chanson ment, les *yeux revolver* ça n'existe pas. Je prends son prospectus chiffonné avec un soupir. Il s'agit d'une soirée pour fêter le printemps. Un gosse de riche qui n'a que ça à faire d'inviter tous les élèves de seconde du lycée.

— Sérieusement ? Rien que tous les deux ? Ce serait bizarre, tenté-je même si je sais qu'il ne va pas changer d'avis.

Je ne le connais pas depuis longtemps, mais j'ai compris quelques petites choses à son sujet.

— Qui t'a dit qu'on serait seuls ?

À ce moment-là, comme s'il venait de l'invoquer, une grande blonde fait son apparition à mes côtés, tirant la chaise à ma droite.

— Franchement Korin, tu aurais pu me dire où je devais te retrouver. Je te cherche partout depuis une plombe, s'exclame-t-elle.

Je fixe la nouvelle venue. Je la connais. Elle est dans ma classe. Il s'agit de Pénéloppe. Bien qu'elle réclame, même aux profs, qu'on l'appelle Penny.

— J'ai accepté de t'aider, pas de parcourir le bahut dans tous les sens.

Le lapin lui adresse un sourire et ignore ses remontrances. Une part de moi est soulagée de voir que je ne suis pas la seule avec qui il agit de la sorte.

— Louise, j'ai expliqué à Penny que j'étais un cousin éloigné de ta famille, venu passer quelques semaines chez toi. Elle a accepté de nous accompagner à la soirée quand je lui ai dit que je n'avais jamais participé à une fête de lycéens. Tu sais comment c'est dans ma campagne.

Je suis abasourdie. Ce type est là depuis cinq minutes et il gratte l'amitié à tout le monde. Pire, il a réussi à s'inventer une vie. Je me tourne vers la jeune fille. Autant essayer de réparer les pots cassés.

— Désolée, Korin n'est pas toujours très net.

— Bah, il m'a fait marrer. Pour ça que j'ai accepté de l'aider.

— C'est tout Korin ça, tellement drôle, grimacé-je.

— Tss, tu ne me comprends pas. C'est tout, se défend-il.

Je pousse un soupir.

— Du coup, c'est quoi le plan ? demandé-je, curieuse malgré moi.

— Penny vient nous rejoindre chez toi vendredi soir et elle t'aide à te préparer.

Me préparer ? Je sens que je dois m'attendre au pire. Il tourne un regard de conspirateur en direction de la blonde.

— Je t'ai dit que son look était entièrement à revoir.

Ma camarade fait la moue en me fixant.

— Non, ce n'est pas vrai. Elles sont stylées tes lunettes, me complimente-t-elle.

— Merci, marmonné-je plus touchée que je ne l'aurais cru.

Elle tend sa main.

— Donne-moi ton téléphone. Je t'enregistre mon numéro et je prends le tien. Tu n'auras qu'à m'envoyer ton adresse. Et si tu as le temps, dans la semaine, envoie-moi des photos de tes fringues. Au pire, je pourrai te prêter quelque chose.

— D'accord…

Docile, je lui donne mon appareil, elle pianote dessus quelques instants avant de me le rendre. Il faut croire que j'ai accepté cet arrangement bizarre…

— Allez, je vous laisse. À plus tard. On se voit en cours Louise.

Je la regarde s'éloigner avant de reporter mon attention sur ce maudit lapin.

— Alors, on dit merci à qui de t'offrir une nouvelle amie sur un plateau ?

Je secoue la tête, atterrée.

— Ce n'est pas comme ça qu'on se fait des amis, lui dis-je.

— Qu'est-ce que t'en sais ? T'en as pas d'autres pour l'attester.

Il sait pointer là où ça fait mal. Je ne savais pas que les lapins étaient si méchants. Je ne réponds pas. Je préfère sortir un livre de mon sac et me mettre à manger en lisant. Il pose un doigt dessus pour le faire pencher en avant et voir mon visage.

— T'en fais pas, je ne te lâcherai que quand tu auras enfin laissé ton cœur s'épanouir.

Quelle formulation mièvre…

— Tu te transformes en poète ?

— Ça t'aiderait ?

Je souffle et secoue la tête. Je laisse une mèche de cheveux retomber devant mes yeux pour mieux cacher mon expression. La sociabilité, c'est trop compliqué. Trop risqué. La déception va toujours avec les relations humaines… Je tente de me concentrer de nouveau sur mon livre. Là, au moins, je n'ai pas à m'inquiéter de ce que les gens pensent de moi.

— Bon, soupire-t-il, je te laisse tranquille pour le reste de la journée. Je viendrai te voir ce soir !

En rentrant, je le trouve, sous sa forme animale, dans mon lit. Une vision qui m'agace prodigieusement. D'autant plus qu'il dort. Je laisse tomber mon sac en faisant le plus de bruit possible. Mon but est atteint quand je le vois sursauter et se transformer sous le coup de la surprise. Cette fois-ci, je ne suis pas étonnée par la fumée violette qui envahit ma chambre. Je parviens même à l'ignorer pour me rendre devant mon bureau. Puisque mon lit est déjà pris, je me laisse tomber sur ma chaise.

Quand le nuage s'évapore, je le découvre en train de se frotter les yeux. Torse nu. Involontairement, je rougis. Il est vraiment beau ce maudit lapin. Je fais passer des cheveux par-dessus mon épaule pour masquer mon trouble et me penche pour ouvrir mon sac.

— Tu aurais pu me réveiller avec plus de douceur, dit-il d'une voix rauque et ensommeillée.

— Tu n'avais qu'à ne pas squatter mon lit.

— Mais il fait frais dans la cabane, se plaint-il.

— Tu n'as pas un chez-toi ? Tu es obligé de squatter chez moi ?

Il s'est maintenant assis en tailleur. Il me fixe, un sourire au bord des lèvres.

— Je dois rester le plus près de toi. C'est obligatoire !

Il m'est impossible de savoir s'il est sérieux ou s'il se moque de moi. Je pose mon cahier avec rage sur mon bureau.

— Tu pourrais au moins rester sous ta forme de lapin. Au milieu des peluches. Ma mère ne te remarquera pas comme ça.

Avec un peu de chance, j'oublierai sa présence pour me concentrer sur mes devoirs.

— Ce que tu peux être râleuse, pas étonnant que tu n'aies pas d'amis !

Je le foudroie du regard.

— Ma compagnie me suffit à moi-même, rétorqué-je.

— Mais bien sûr… Heureusement que tu as tes livres pour te tenir compagnie.

Je n'ai pas le temps de répondre qu'il se redresse et saute de mon lit.

— Ouvre ton placard au lieu de ronchonner, ordonne-t-il.

Je lève un sourcil perplexe.

— Pour faire quoi ?

— Bah, pour envoyer les photos que Penny t'a demandées, dit-il. Tu as oublié ?

Il me regarde comme si j'étais idiote. Je pousse un soupir.

— La soirée est vendredi ! J'ai le temps.

Il attrape ma main pour me forcer à me lever.

— Non, non, non. Je t'assure qu'avec toi, il faut prendre de l'avance.

Il a malheureusement raison. Nous sommes vendredi et Penny n'a approuvé aucune des tenues que je lui ai présentées. Korin me soutient que j'ai un look de bibliothécaire. Je ne vois pas le problème avec ça, mais lui doit en voir un. Et Penny aussi.

À ma grande surprise, je m'amuse avec lui en fouillant dans mon placard. Nous arrivons même à trouver la robe que je portais à ma première communion. C'est pour dire depuis quand je n'ai pas fait du tri dans mes affaires.

Nous discutons encore de ma garde-robe au déjeuner, quand Penny se laisse tomber sur la chaise à mes côtés. Elle affiche un visage grave et pose une main sur mon épaule.

— Bon, ce soir, je débarque à 18 heures chez toi. Je t'apporte une tenue, annonce-t-elle.

— Pourquoi tu viendrais à cette heure-là ? On doit être à 20 heures à la soirée, m'étonné-je.

— Je sais ! On va être grave en retard ! s'exclame-t-elle, tragiquement.

Ce n'est pas du tout ce à quoi je pensais. Je me demande ce qu'elle va me faire pendant autant de temps. Je crains le pire. Il ne faut pas des plombes pour enfiler des vêtements et passer un coup de brosse dans ses cheveux…

Je ne m'étais jamais autant trompée… Ce n'est pas un simple coup de brosse qu'elle passe dans mes cheveux. Cela aurait été trop simple.

— Tu as des cheveux magnifiques que tu laisses à l'abandon, se plaint-elle alors que nous sommes enfermées dans la salle de bain.

De l'autre côté de la porte, j'entends Korin qui ricane. Toujours en train de se moquer.

— Ce soir, on va les sublimer, ajoute-t-elle. On va les boucler et les relever de façon à dégager ton visage. Il faut que tu arrêtes de te cacher derrière.

Super, je ne pourrai même pas faire ça. Il faut croire qu'à cause de ce lapin je vais devoir repousser toutes mes limites. C'est ma mère qui est ravie.

— Louise ! Je vous ai fait des petits sandwichs, crie-t-elle du bas de l'escalier.

— Merci maman !

Faire venir deux invités lui a rendu le sourire. Si elle s'est montrée moins enthousiaste en rencontrant Korin, Penny, elle, a été accueillie comme le messie. Elle doit vraiment être inquiète pour moi…

Je fixe mon reflet dans le miroir et n'ose pas bouger. Penny semble tellement concentrée dans sa tâche. Je me mordille la lèvre inférieure. Je ne suis pas douée pour engager une conversation. Néanmoins, je me lance.

— Je suis désolée que tu te retrouves embarquée dans cette histoire. Tu aurais sans doute préféré faire autre chose que me coiffer…

Dans le miroir, je vois ses sourcils se froncer et son regard croise le mien.

— Je m'éclate moi ! Franchement, je kiffe te coiffer et tout. On devrait faire ça plus souvent !

Je reste abasourdie. Je ne m'attendais pas à ça… Je pensais que Korin l'avait forcée. Sa réponse me permet de me détendre. Je commence à apprécier ce moment. Après un petit silence, je finis par répondre.

— Tu as raison. C'est chouette.

Elle m'adresse un large sourire alors que je la vois attraper sa trousse à maquillage.

— Et attends de te voir maquillée ! s'exclame-t-elle.

L'angoisse m'étreint à nouveau.

Quelques instants plus tard, je me dévisage dans le miroir.

— Wouah ! murmuré-je.

Elle passe une main dans ses cheveux en faisant une moue.

— Je sais, j'ai du talent ! dit-elle en plaisantant.

Sauf que je suis plus que sérieuse.

— Tu en as ! C'est vrai, je ne supporte pas le maquillage, j'ai toujours l'impression d'être déguisée pour le carnaval. Alors que là… C'est moi, mais en mieux !

Son sourire devient éclatant. Elle est touchée par mon compliment. Je ne l'aurais pas cru. Elle m'avait toujours paru comme ces filles tellement sûres d'elles qu'elles n'ont besoin de l'aval de personne.

— J'espère que tu en diras autant de ta tenue ! reprend-elle.

Elle attrape la housse en plastique noir qu'elle a suspendue au porte-serviette un peu plus tôt. Quand elle l'ouvre, elle dévoile une robe en dentelle d'un bleu électrique. D'une coupe plutôt simple, elle me plaît aussitôt. Des boutons ornent le devant, une ceinture marron marque la taille et la jupe s'évase pour flotter autour de mes genoux.

— Pour les chaussures, je t'ai pris des petits talons.

Elle me présente une paire de salomés brune.

Quand je sors de la salle de bain, j'apprécie l'expression de Korin. C'est la même que j'arborais devant son torse musclé.

Malheureusement, son air ébahi ne dure pas et il reprend son expression arrogante.

— Tu vois, je t'avais dit que Penny pourrait te rendre jolie !

Je pousse un soupir. Je suis bien tentée de lui dire que je le suis aussi sans maquillage, mais je n'ai pas envie de gâcher la bonne humeur ambiante. Ce qui signe un changement chez moi.

— Allons manger les sandwichs de maman, marmonné-je.

Sans surprise, la réaction de ma mère ressemble un peu plus à celle que j'attendais de la part du jeune homme.

— Lou ! Tu es sublime ! s'écrie-t-elle.

Je vois même des larmes perler au coin de ses yeux.

— Maman, tu ne vas pas te mettre à pleurer quand même. Ce serait la honte…

Pourtant Penny ne semble pas dérangée par le débordement d'émotions de ma mère. Au contraire.

— Madame, si vous me laissez faire et que vous lui donnez un peu d'argent, je l'emmène faire du shopping avec moi pour refaire sa garde-robe. Vous verrez, elle deviendra une autre adolescente.

Si elle s'y met aussi… D'autant que mon avis ne semble même pas les intéresser. Je m'apprête à rouspéter, mais je vois ma mère se mettre à discuter avec elle des vêtements qui pourraient m'aller. Cela fait longtemps que je ne l'avais pas vu aussi enthousiaste pour autre chose que les hommes de sa vie. Je n'ai pas le cœur à briser son sourire.

Un bras passe autour de mes épaules et Korin m'attire contre lui.

— Finalement, un peu de vie sociale, ça peut être bien non ?

Je tourne la tête vers lui. Ce que j'aimerais pouvoir ramener mes cheveux devant mes yeux à cet instant. Je le laisse découvrir le rouge qui me monte aux joues quand je croise son regard. Pour une fois, ce n'est pas de la moquerie qui brille dans ses yeux.

— Tu as raison, il y a du bon.

— Et attends d'être à la fête pour t'amuser…

Je pousse un nouveau soupir.

— Je ne sais pas danser. Tout le monde va se moquer de moi.

— Je suis sûr que non, me rassure-t-il.

Je hausse les épaules et reporte mon attention sur Penny et ma mère, toujours en pleine conversation. Il se penche à mon oreille et son souffle caresse ma peau.

— Et puis, tu es très jolie, c'est tout ce que les gens remarqueront.

Je rougis de plus belle pendant que mon cœur commence une cavalcade.

— Merci, marmonné-je.

Je suis incapable de trouver quelque chose d'intelligent à dire. Je préfère me dégager de son étreinte pour me diriger vers les sandwichs.

— Si on mangeait avant d'être complètement en retard à la soirée ?

La nourriture, c'est presque aussi bien que mes cheveux pour cacher mon embarras.

Nous sommes sur le trottoir, face à la maison où se déroule la fête. La musique s'entend d'ici. Des « boum boum boum » qui résonnent jusque dans mon corps. J'angoisse à l'idée de rentrer. Trop de monde. Trop de bruit. Pas assez d'espace. À croire que je deviens agoraphobe. Ou juste associable. Ce qui donne raison à Korin.

— On est en retard, mais au moins il y a de l'ambiance, s'exclame Penny.

C'est bien ce qui m'inquiète ! Surtout quand, par la fenêtre, je les vois tous danser.

— Il doit faire incroyablement chaud là-dedans, me plains-je.

La jolie blonde hausse les épaules.

— C'est pour ça qu'il y a à boire, réplique-t-elle.

Elle fait déjà quelques pas en avant. Korin attrape ma main.

— Je ne te lâche pas, promis, dit-il avec douceur.

Il lève nos mains jointes.

— Tu vas voir, on va s'amuser !

Je suis étonnée de le trouver si rassurant. Il n'a cessé de me pousser dans mes retranchements. Se montrer subitement tendre n'est pas habituel. Peut-être se rend-il compte que je suis à deux doigts de faire demi-tour ?

— Dépêchez-vous ! nous crie Penny, presque arrivée à la porte.

Je prends une inspiration et Korin me tire à l'intérieur.

Comme je m'y attendais, le bruit est assourdissant. Si mon corps vibrait déjà à l'extérieur, ici je me demande comment font mes os pour ne pas se décrocher. Du moins, c'est comme ça que je le ressens. Dans deux minutes, je suis persuadée d'être en nage. Pourtant, je laisse Penny attraper ma deuxième main. Nous nous dirigeons tous les trois, en file indienne, sur la piste de danse. Je tente de bouger mes pieds, d'agiter mes mains. Penny les attrape pour me faire tournoyer. Je ne me sens pas du tout à l'aise. D'autant qu'elle me laisse vite quand un garçon, que je reconnais être dans notre classe, s'approche d'elle en remuant le bassin.

Korin se met face à moi et pose ses mains sur mes hanches.

— Détends-toi, murmure-t-il. Laisse la musique te guider.

Je souffle et remue, comme je peux, au rythme de ses mouvements. Sans grâce. Il s'approche un peu plus pour murmurer à mon oreille.

— Faisons autrement. Tu aimes les histoires, pas vrai ?! Tu lis tellement.

J'acquiesce d'un vague signe de tête, ne comprenant pas où il veut en venir.

— Cette fois-ci, c'est la musique qui a une histoire à partager et c'est à ton corps de la raconter.

— Décidément, tu as une âme de poète, me moqué-je.

Mais il n'y a aucune hargne dans mes propos. Je ne suis même pas capable d'avoir une répartie correcte.

Il ne me reste plus qu'à l'écouter, puisqu'il semble en savoir plus que moi. Je me laisse aller. Je suis les conseils qu'il me chuchote à l'oreille. Il faut croire que ça fonctionne, parce que j'ai l'impression de faire un truc presque joli à regarder. Mon corps bouge sur le rythme de la musique et Korin ne me lâche pas. Je commence à me détendre.

Penny finit par revenir vers nous. Elle me prend la main et nous dansons ensemble. Quand nous sommes trop fatiguées, elle nous entraîne dans le canapé, au milieu des autres lycéens. Je ris. Je plaisante. Je parviens même à discuter avec certains de mes camarades. Je découvre que la sociabilité, ça peut être cool. Est-ce qu'il restera quelque chose de tout ça lundi matin au lycée ? Ou est-ce que ce n'est qu'un instant éphémère ?

— À lundi, Louise ! me crie une petite brune en sortant de la maison.

Il faut croire que oui. Son départ me rappelle que l'heure tourne. Je m'amuse tellement que j'en oublie le temps. Je comprends mieux Cendrillon. Penny se tourne vers moi.

— Je dois rentrer aussi. J'ai un couvre-feu !

Maman n'a même pas pensé à m'en donner un. Trop heureuse de me voir sortir. Ou elle ne connaît plus la marche à suivre quand une ado sort. Si elle l'a su un jour. Elle n'en avait pas besoin avec moi. Nous allons devoir établir tout un tas de nouvelles règles toutes les deux. Ce qui veut aussi dire que j'envisage de recommencer ce genre de sortie. Que de changements en si peu de temps.

— Je t'appelle demain ! ajoute-t-elle en me faisant la bise. On part en shopping dans l'après-midi. Je pense que ta mère va te donner un budget dingue grâce à moi.

Je ris. Je suis surprise d'avoir déjà hâte de partager ce moment avec elle. Il faut croire que j'ai une copine maintenant.

Je la regarde partir. J'observe autour de moi, moins effrayée que quand je suis arrivée dans cette maison.

— On rentre ? me demande Korin à l'oreille.

J'acquiesce d'un signe de tête. Je ressens la fatigue de mon corps, la douleur dans mes pieds, mais mon esprit est bien réveillé lui.

Nous nous mettons en marche d'un pas lent. La rue est calme et déserte. De toute façon, mes pieds ne supporteraient pas de marcher plus vite.

— Et puis, zut ! marmonné-je en retirant mes chaussures. Les talons sont peut-être petits, mais la douleur reste la même.

Le rire de Korin parvient à mes oreilles et un sourire flotte sur mes lèvres.

— Alors ? Je n'avais pas raison ? me demande Korin, une lueur victorieuse dans le regard.

Je souffle. C'est le moment où je dois admettre ma défaite.

— Oui, c'est vrai. J'aime beaucoup Penny. Elle est géniale.

— Elle est mieux que tes bouquins, non ?!

Je m'offusque. Certes, j'apprécie la jeune fille, mais on ne peut comparer ça à mon amour pour la lecture. Bon, disons que c'est au même niveau dans mon cœur. Mais ce n'est pas à lui que je l'avouerai !

— Avant de critiquer mes livres, tu devrais en lire !

Il semble subitement en pleine réflexion alors que nous venons d'atteindre la maison.

— Tu as raison. Je devrais en lire avant de critiquer. Après tout, tu as fait l'effort de me suivre, je devrais en faire de même.

Je reste figée. Il vient d'accepter de lire un livre. Alors là, je ne vais pas rater l'occasion.

— Va dans la cabane, je t'y rejoins avec de la lecture.

Je pars en courant à l'intérieur. J'en ai oublié la douleur de mes pieds ! Son rire me poursuit jusqu'à ce que je passe la porte.

Je découvre ma mère dans le salon. Je suis étonnée de la trouver. Je pensais qu'elle en profiterait pour sortir avec son Roméo du moment.

— Alors, ma chérie ? C'était comment ta soirée ?

Son sourire est si large.

— C'était génial ! Je me suis vraiment amusée !

— J'en suis heureuse pour toi.

— Tu n'es pas sortie ? demandé-je.

Elle secoue la tête.

— J'avais envie d'une soirée tranquille. J'ai même failli te piquer un livre.

— Tu aurais dû !

Tout le monde devrait lire ! Je reprends la direction de l'escalier pour monter dans ma chambre.

— Tu ne veux pas te poser sur le canapé et discuter un peu ? me demande-t-elle.

Je prends une moue fautive.

— Korin m'attend dans la cabane. J'ai promis de lui faire découvrir mes livres préférés.

Elle a un petit rire, mais je vois une tristesse dans son regard.

— Demain matin, je te prépare le petit déjeuner, lui proposé-je. Et on pourra parler de tout ce que tu veux.

Elle acquiesce d'un sourire.

— Bien, mais pas de bêtise avec ce garçon !

— Maman ! Tu me connais quand même.

Elle vient vers moi et dépose un baiser sur ma tempe.

— Oui, je te connais. C'est pour ça que je sais que je peux te laisser seule avec lui. Elle retourne au sofa et se plonge de nouveau dans son film.

Quelques instants plus tard, je monte à la cabane avec les bras chargés de livres.

À sa grande surprise, Korin est vite pris dans le livre que je lui lis. Il ne cesse de me réclamer un chapitre supplémentaire. Alors que je viens d'en finir un autre, il pousse un soupir.

— Tu as réussi. Je vais vouloir m'acheter des livres. Au moins, on aura chacun apporté quelque chose à l'autre. Je peux partir l'esprit serein.

Je me fige en entendant ses mots. Il était maintenant si ancré dans ma vie que j'en oubliais qu'il allait repartir. Je ne remarquais même plus ses oreilles de lapin. Il était Korin, tout simplement. Je me cache dans mon livre, pour ne pas lui montrer ma tristesse.

— Je vais te manquer, hein ! me taquine-t-il.

Je ne réponds pas. Mes yeux se remplissent de larmes. Il doit se rendre compte que je suis plus touchée qu'il ne le croit.

— Louise, murmure-t-il d'un ton que je ne lui ai jamais entendu.

Il se rapproche de moi. Il prend le livre, le pose ouvert sur un coussin, au risque d'en casser le dos, et vient me prendre dans ses bras. Dans d'autres circonstances, je le disputerais de le poser ainsi alors que j'ai plusieurs marque-pages. Pas maintenant.

— Je croyais que tu ne rêvais que de me voir partir, marmonne-t-il d'un ton qui n'est pas aussi taquin que d'ordinaire.

Mes mains agrippent sa chemise, comme s'il pouvait disparaître d'un coup.

— Tu sais que ce n'est pas comme avant, lui dis-je.

Ses bras se resserrent sur moi.

— Je ne vais plus avoir envie de partir si tu continues.

— Ne pars pas alors, m'exclamé-je.

Il s'écarte de moi avec douceur. Une main se pose sur ma joue. Nos regards se croisent et ne se détachent plus. Je ne sais pas vraiment qui fait le premier pas. Sans doute tous les deux. Nos visages se rapprochent et nos lèvres se frôlent.

C'est mon premier baiser. Mon cœur s'envole et des papillons se matérialisent au creux de mon ventre. Comme dans mes livres. Quand nous nous détachons l'un de l'autre, je découvre une lueur triste dans ses yeux.

— Tu me promets de continuer à t'ouvrir aux autres ? demande-t-il. Même quand je ne serai plus là ?

J'acquiesce d'un signe de tête, incapable de parler. Il m'attire brusquement à lui.

— Tu vas tellement me manquer, Lou.

Mon téléphone me réveille en me signalant un message. Malgré les couvertures et les coussins, une cabane reste une cabane et je suis percluse de douleurs. Je regarde autour de moi. Mon cœur se brise. Korin n'est plus là. Je retiens mes larmes. Je savais que ce serait comme ça. La vie doit continuer. Je n'ai qu'à chérir ce qu'il m'a offert.

Je jette un coup d'œil vers la maison. Par la fenêtre je vois maman entrer dans la salle de bain. Je dois me dépêcher, je lui ai promis un petit déjeuner. J'attrape mon téléphone et descends rapidement.

Je lance cafetière et grille-pain. Je croise mon reflet dans le four. J'ai oublié de me démaquiller et ma coiffure ne ressemble plus à rien. Je détache mes cheveux et les assemble en un chignon informe. Je passe un peu d'eau sur mon visage. J'ai au moins une figure humaine. Je lis enfin le message de Penny. Elle doit venir me chercher vers 15 heures.

Maman apparaît avec un sourire.

— Tu as dormi dans la cabane, rit-elle en prenant la tasse de café que je lui tends.

Je soupire en me servant à mon tour. Elle se fige subitement et son rire se bloque dans sa gorge.

— Avec Korin ?

J'écarquille les yeux. À son regard je sais ce qu'elle imagine.

— Il ne s'est rien passé ! m'écrié-je. De toute façon, il est parti. Tu ne le reverras plus.

Elle fronce les sourcils.

— J'en suis désolée ma puce. Je sais que tu tiens à lui.

Je préfère ne pas répondre, par peur de pleurer encore. Elle ne pose pas de questions. Elle n'en pose plus, de crainte que je la repousse. Je me rends compte que je nous ai aussi fait du mal à toutes les deux.

Elle reste pensive et me regarde. Elle souffle avec tristesse.

— Je sais que je ne suis pas la meilleure des mères en ce moment. Tu dois me détester.

Je me lève d'un bond et viens attraper sa main.

— Je ne te déteste pas ! Qu'est-ce qui te fait croire une chose pareille ?

— Je ne suis pas dupe, je vois bien comment tu réagis à chaque homme que je te présente.

— J'avais du mal à comprendre ton besoin de sortir tout le temps. Je comprends un peu mieux maintenant, même si je trouve toujours que tu en vois trop.

Elle rit.

— Je te promets de ralentir avec eux.

— Tu n'es pas obligée, la rassuré-je. Tu peux juste limiter ceux que tu me présentes. Genre, que ceux avec qui tu penses que ça pourrait être sérieux.

Elle acquiesce d'un mouvement de tête.

— Et moi, je te promets de sortir davantage, ajouté-je. Je commence avec Penny et du shopping !

— Je ne sais pas si c'est vraiment une bonne idée pour mon portefeuille ça, se plaint-elle.

Pourtant, je vois à quel point elle est ravie.

Il est 15 heures pile quand Penny sonne à notre porte. Je me précipite pour lui ouvrir. J'ai fait un effort vestimentaire : j'ai enfilé une petite robe à fleurs que j'ai chipée dans le placard de ma mère. Elle me rappelle le printemps avec ses marguerites. Mon amie me félicite.

— Tu as même mis un peu de mascara ! Bien joué.

Je sens son regard chercher quelque chose derrière moi. Je devine facilement ce que c'est.

— Tu ne verras plus Korin, murmuré-je.

Elle me lance un drôle de regard.

— C'était pas vraiment ton cousin, hein ?

J'ai un petit sourire gêné. Il n'était pas difficile de voir que ma mère ne le connaissait pas. Et puis, pour tout avouer, j'avais presque oublié ce mensonge.

Penny hausse les épaules, ne me laissant pas le temps de m'excuser.

— Il t'aura mise sur ma route ! Je peux le remercier pour ça.

Elle passe un bras autour de mes épaules et m'entraîne avec elle.

Korin m'aura offert mon premier amour et ma première véritable amie

Quelques heures plus tôt

Korin se redresse lentement, veillant à ne pas réveiller Louise qui repose contre son torse. Il déplace avec tendresse sa tête sur un coussin. Il la fixe, incapable de détacher son regard d'elle. C'est si dur de la quitter. Pourtant il le doit. Il s'est déjà trop attardé. Le savon qui l'attend à son retour va être monumental.

Il descend en silence l'échelle de la cabane et s'enfonce dans les bois. Il fait disparaître ses oreilles de lapin et devient une ombre entre les arbres. Il est chez lui, il n'a même pas besoin de regarder où il met les pieds.

Il atteint son village. Les siens sortent des maisons-arbres pour le voir. Il baisse la tête, honteux. Il pique la technique de Louise pour se cacher dans ses cheveux. Au bout de l'allée, sous le grand chêne, se tient le chef du village. Son père.

Il affiche une mine sévère, lèvres serrées. Son épouse semble inquiète de ce qui va suivre entre son fils et son mari. Finalement, le patriarche se tourne et se dirige vers leur maison. Korin lui emboîte le pas et sa mère se met à ses côtés. Elle pose une main sur son avant-bras, un soutien discret.

La porte se referme sur eux et ils se dirigent vers le salon. Korin prend place sur le canapé pendant que son père occupe le fauteuil en face de lui. Sa mère est derrière lui, les bras en appui sur le dossier de l'assise.

— Tu as conscience des problèmes que tu aurais pu causer ? Que tu as peut-être causés ?

La voix de son père résonne. Grave et autoritaire.

— Oui, père.

— Alors pourquoi es-tu parti ?

Il est monté d'une octave. Ce qui n'est pas bon signe. Il ne contrôle plus autant sa colère. Et Korin n'a pas de réponse à lui apporter. La seule explication, c'est Louise. Cette fille, toujours plongée dans ses livres, qu'il ne pouvait s'empêcher d'observer sous le couvert des arbres.

— Je… Je voulais juste l'aider.

Ce qu'il ne dit pas c'est qu'il voulait surtout la rencontrer. Et qu'elle le voie.

— Et si maintenant elle se mettait à nous chercher ? Avec d'autres humains ? Notre survie dépend de notre discrétion ! Tu le sais !

Bien sûr. Nul ne l'ignore ici. On le leur rabâche depuis l'enfance.

— Ce n'est pas le cas. Louise ne me cherchera pas.

Pourtant il aurait aimé que ce soit le cas. Il détourne le regard, ne souhaitant pas que son père parvienne à lire les émotions qui le traversent. Mais ce n'est pas de lui qu'il aurait dû se méfier.

— Oh ! Mon petit chéri !

En un quart de seconde, sa mère est assise à ses côtés. Sa main attrape la sienne.

— Tu es amoureux ! J'aurais dû le comprendre plus tôt, s'émeut-elle.

— Amoureux ?! D'une humaine, s'étonne son père. Ce n'est plus arrivé depuis des siècles chez nous.

Korin n'ose toujours pas affronter le regard du chef. Chez son peuple, l'amour n'est pas une chose à prendre à la légère. Quand on aime, c'est généralement pour la vie. Voire au-delà.

Le patriarche pousse un profond soupir. Un son qui pousse Korin à lever la tête vers lui. Son regard s'est adouci. Il ne semble plus en colère. C'est même un éclat de tristesse qui traverse ses yeux.

— Tu aurais dû m'en parler avant de t'enfuir.

— Je… commence-t-il sans vraiment savoir quoi dire. Je n'ai pas vraiment réfléchi.

Son père prend une inspiration. Il semble avoir pris une décision. Son changement de posture en atteste : avant-bras sur ses jambes, mains jointes.

— Tu vas devoir faire amende honorable auprès de notre peuple. Leur prouver que tu ne nous as pas trahis. Dans quelques années, quand cette jeune fille sera un peu plus âgée, nous réfléchirons à la façon de lui expliquer ce que nous sommes. Si tu as encore des sentiments pour elle, bien sûr.

Le visage de Korin s'illumine. Il est prêt à faire les corvées de tous les villageois s'il sait qu'il pourra revoir Louise un jour. Il a pourtant une toute dernière question.

— Vous pensez que ce sera possible de m'acheter des livres ?

À propos d’Élisa

L’apprentissage de la lecture a été une révélation pour Élisa Forest. Elle s’est très vite mise à dévorer. Quand, il n’y en a pas eu assez dans sa bibliothèque, elle s’est mise à écrire, tandis que sa petite sœur dessinait son histoire.

Des années plus tard, elle n’est toujours pas guérie de sa passion. Pire, la naissance de sa fille la pousse à terminer son manuscrit. Elle a ainsi achevé son premier roman qui devrait voir le jour en autopublication courant été 2022.

En attendant vous pouvez la retrouver avec une nouvelle éditée dans le carré d’Ass numéro 9 aux Éditions explicites. Vous pouvez aussi la suivre sur Wattpad sur le compte elisaladeiraforest ou sur instagram sous le nom de @elisaforest.autrice où elle partage ses lectures et son écriture au quotidien.

Le printemps d'Arganthaëlle

Aurélie Philippe

Agenouillée dans le potager, Arganthaëlle retirait les mauvaises herbes qui s'étaient installées. Les rayons du soleil réchauffaient la peau nue de ses bras, son gilet resté dans la maison. Le printemps arrivait.

Planifiant ses semis mentalement, elle sursauta quand quelqu'un la héla :

— Excusez-moi, mademoiselle !

Arganthaëlle se redressa rapidement et se retourna. Un homme aux cheveux blonds, un peu plus âgé qu'elle, s'était approché. On l'aurait cru sorti d'une de ces couvertures de magazine qu'on voyait chez le marchand de journaux. Elle plissa les yeux avec suspicion.

— Qu'est-ce que vous fichez là ? demanda-t-elle de son ton le plus revêche.

Peu de promeneurs venaient jusqu'à sa maison. L'avantage quand on habite un trou perdu en Bretagne. Seuls les korrigans profitaient de son isolement en lui jouant des tours.

— Je me suis égaré. Je me suis blessé en trébuchant dans un creux sur le sentier.

Penaud, il désigna sa cheville qui avait doublé de volume en grimaçant. Arganthaëlle fronça les sourcils et posa sa binette au sol.

— Par les korrigans, vous êtes bien maladroit ! Allez, venez là ! ordonna-t-elle.

Elle lui tendit le bras. L'homme hésita un instant puis s'appuya sur elle.

— Merci, bredouilla-t-il.

Elle hocha la tête brusquement. La chaleur de l'homme se propagea dans son bras. Les joues d'Arganthaëlle s'empourprèrent. Elle était peu habituée à une telle proximité.

Elle ouvrit la porte de sa petite maison en pierre. Celle qu'elle avait héritée de ses parents. Elle montra une chaise en bois.

— Assoyez-vous ! Comment vous vous appelez ?

— Pardon, je ne me suis pas présenté. Je suis confus. Je me nomme Serge. Et vous ?

— Arganthaëlle.

Aucune remarque sur son prénom. Un bon point pour lui !

— Vous vivez seule ici ?

Il jetait des regards sur le poêle qui chauffait, les poutres du plafond garnies d'aromates séchés, la table rustique… Arganthaëlle se releva et chercha une arme des yeux. Sur la table reposait son couteau d'office. Après tout, cet homme était peut-être un tueur en série. On retrouverait son corps sans vie et elle ferait la une des journaux.

Elle acquiesça, le corps raide, puis attendit. Prête à se saisir du couteau.

— Oh… répondit simplement Serge.

Elle fut ravie qu'il ne fasse pas de commentaire et lâcha son arme du regard. Depuis qu'elle avait dépassé l'âge fatidique de 25 ans, les villageois allaient bon train sur la pauvre vieille fille qu'elle deviendrait. Déjà qu'elle avait une réputation de douce folie auparavant.

— Vous avez un téléphone ?

— Oui.

Elle eut une grimace agacée. Il n'avait pas pu louper le gros combiné noir à cadran sur le buffet. Devant la mine interloquée de l'homme, elle se calma.

— Vous voulez appeler quelqu'un ?

— Mon frère… Pour qu'il vienne me chercher en voiture. Je ne vais pas pouvoir rentrer à pied.

— Fort possible. Je peux regarder ?

— Vous êtes infirmière ? J'ai du bol si c'est le cas.

Un sourire traversa son visage et ses yeux s'allumèrent avec espoir. Il ne ressemblait vraiment pas à un *serial killer*.

Arganthaëlle secoua la tête. Elle allait vite savoir s'il était ouvert d'esprit.

— Pas vraiment… Plutôt une guérisseuse, admit-elle.

Elle se crispa, prête à essuyer un cri d'effroi.

— Une *vates* ?

— Exactement !

Comment connaissait-il ? Devant les yeux écarquillés d'Arganthaëlle, il se justifia :

— Mon frère est druide.

Elle mordilla sa lèvre. En général, quand un homme de la famille était druide, les autres l'étaient aussi.

Arganthaëlle se concentra sur la cheville nue devant elle. La malléole était enflée. Un bleu apparaissait sur la peau blanche.

— Je peux ? demanda-t-elle, les doigts juste au-dessus de la blessure.

Serge hocha la tête, le visage crispé, ses yeux bleus plissés.

La jeune femme esquissa un sourire. Pour avoir soigné de nombreux hommes, elle savait qu'en général leur apparence forte leur tenait à cœur alors même qu'ils piaffaient comme des fillettes lorsqu'on frôlait leur blessure.

La main sur la cheville, une vive chaleur s'en dégageait. Arganthaëlle l'ignora. Elle se concentra plutôt sur celle qu'elle ressentait au creux de son ventre. Son noyau magique pulsait calmement. Elle fit circuler sa magie jusqu'à ses doigts. Son véritable travail débuta alors : aspirer la chaleur de la blessure afin de l'intégrer à son noyau. La douleur se répartissait dans le corps d'Arganthaëlle. Elle aurait des courbatures, mais rien de plus. Immédiatement, la cheville de Serge dégonfla.

— C'est mieux ?

— Nettement, merci beaucoup !

Serge la scrutait avec un éclat dans les yeux. De la gratitude ou du soulagement ? Arganthaëlle farfouilla dans ses herbes suspendues aux poutres du plafond. Où étaient ces fichues immortelles ? Désespérée, elle se tourna vers le vaisselier. Enfin !

Perdu parmi les assiettes héritées de ses parents, un flacon d'une décoction d'immortelles ! Elle le brandit fièrement puis le tendit à Serge.

— Ça finira de dégonfler avec ça !

— Merci. Bien mieux qu'une infirmière ! Je ne savais pas que les *vates* avaient autant de pouvoir…

Arganthaëlle camoufla son rougissement derrière ses longs cheveux ondulés. Se concentrant sur son ignorance à propos des *vates*, elle renifla puis rétorqua :

— Les druides pensent que les *vates* ne sont que des magiciens de seconde zone ! Et comme en plus, nous sommes des femmes, impossible pour nous d'intégrer les rangs de l'Ordre !

Serge grimaça :

— Je ne voulais pas vous vexer. C'était plutôt un compliment. Je suis moi-même un magicien de seconde zone comme vous dites. L'Ordre m'a rejeté après mon apprentissage : pas assez doué, pas assez fort. Ils ne se rendent pas compte des talents qu'ils perdent avec leurs règles à la noix.

Arganthaëlle sourit. Enfin quelqu'un qui partageait son point de vue sur ce groupe de vieux schnocks !

— Contente de rencontrer quelqu'un qui se pâme pas devant l'Ordre. Si vous voulez appeler votre frère, allez-y.

Serge parvint à se lever en boitillant jusqu'au combiné.

— Pierre, c'est moi, Serge. Je me suis blessé en allant… Non, rien de grave, une entorse… Je suis tombé sur une *vates* qui m'a soigné… Tu parles, j'ai eu de la chance, oui ! Est-ce que tu pourrais venir me chercher en voiture ? Je ne vais pas pouvoir rentrer.

Serge demanda à Arganthaëlle où ils se situaient exactement et répéta ses indications dans le combiné. Lorsqu'il raccrocha, il s'assit de nouveau sur sa chaise avec une légère grimace. Arganthaëlle se trémoussa, peu habituée à recevoir des visiteurs.

— Vous voulez du thé ? J'ai pas de café.

Il acquiesça avec un doux sourire qui éclaira son visage.

La tasse entre ses mains, Arganthaëlle fixait les volutes de vapeur qui s'en échappaient. Quand il avait fallu soigner l'homme, son professionnalisme avait pris le dessus. Désormais, elle ne savait que dire. Ce fut Serge qui rompit le silence.

— Vous êtes *vates* depuis longtemps ?

— Ma magie s'est déclarée à l'adolescence, s'empressa-t-elle de répondre.

— Pas si longtemps alors, commenta-t-il, un sourire dévoilant ses dents blanches parfaitement alignées.

Elle haussa les épaules. Ça dépendait du point de vue.

— Vous venez d'une famille magique ?

— Oui, mon père est druide, mon frère aussi.

Arganthaëlle tritura l'anse de sa tasse.

— Et vous ?

Serge grimaça. Même ainsi, son visage était beau.

— Pareil. Mon père et mon frère sont druides. Mais eux sont assez puissants pour rester au sein de l'Ordre.

La rancœur était perceptible dans sa voix. Pourquoi avait-elle demandé ? Elle savait pourtant qu'elle s'attaquait à un sujet glissant.

— Désolée.

— C'est pas votre faute.

Elle reprit l'observation des fumerolles au-dessus de sa tasse.

— Ça, c'est sûr ! Si j'étais Grande Druidesse, j'aurais changé les règles depuis longtemps.

— Grande Druidesse ? s'étonna-t-il. Ça n'existe pas.

— Bah justement. Je l'inventerais.

Serge éclata d'un rire distingué. Comment faisait-il ? Quand elle s'esclaffait, ça ressemblait plus à un âne qui brayait.

Le crachotement d'un moteur de voiture se fit entendre.

— Arganthaëlle, je vous remercie de m'avoir secouru. Sans vous, j'errerais encore à travers champs.

— De rien, bafouilla-t-elle avant de reprendre d'une voix professionnelle. Il faut continuer d'appliquer de l'essence d'immortelle sur votre cheville, matin et soir.

— Très bien madame ! Puis-je me permettre de vous inviter à dîner pour vous remercier ?

— Tout à fait. Je l'ai amplement mérité, le taquina-t-elle avec plus d'assurance qu'elle n'en ressentait.

En réalité, ses joues rosissaient d'autant d'attention.

— Parfait !

Avant de partir, il saisit sa main et y apposa ses lèvres pour un délicat baiser qui la fit frissonner.

Un moteur vrombit au loin. Une dernière fois, Arganthaëlle lissa sa robe bleu marine, celle réservée aux occasions. Ses longs cheveux bruns ondulaient librement dans son dos. L'appréhension l'emplissait. Jamais encore elle n'avait eu de rendez-vous avec un homme. Elle ne cessait de s'interroger sur les desseins de Serge. Se sentait-il obligé de l'inviter pour la remercier ? Ou l'avait-il appréciée ? Elle secoua la tête. Mieux valait s'imaginer qu'il n'avait guère d'intentions à son sujet. Après tout, les relations sociales, ce n'était pas son point fort.

Trois coups retentirent sur la porte. Elle se précipita pour ouvrir.

— Entrez !

Serge portait une chemise grise, presque noire, qui faisait ressortir ses yeux. Elle se perdit dans leur couleur, cherchant à la définir. Gris ? Bleu ? Vert ? On aurait dit la mer lorsque le ciel était chargé de nuages.

— Bonjour, Arganthaëlle, vous êtes prête ?

Elle acquiesça et s'empara de son petit sac en cuir avant de le suivre.

Dans la voiture, Serge expliqua :

— J'ai réservé dans une crêperie. J'espère que vous aimez.

— Oui, oui. J'aime tout.

— C'est un endroit très sympa, vous verrez.

Arganthaëlle hocha la tête, n'osant révéler que c'était seulement la deuxième fois qu'elle se rendait dans un restaurant.

Ils arrivèrent dans la petite ville où elle venait faire ses courses lorsque son frère l'y emmenait. Serge gara sa voiture. Le restaurant portait une élégante pancarte au-dessus de sa porte.

Serge tira une chaise en arrière pour qu'Arganthaëlle s'installe. Elle tenta de dissimuler ses joues rosies dans ses cheveux. Cet homme était si élégant. Pas les habituels paysans qu'elle fréquentait. Ni les druides qui se montraient méprisants à son égard. Un serveur les salua et leur distribua chacun une carte.

La dépliant, Arganthaëlle scruta le menu. Ses yeux s'écarquillèrent. *Délice iodé. Soleil couchant. Clair de lune.* Qu'est-ce que c'était que ces noms ? Ils se croyaient dans des mots fléchés ? Elle peinait à comprendre ce qu'elle aurait dans son assiette. Elle aperçut en petits caractères les ingrédients qui composaient le plat. Elle plissa les yeux pour mieux voir.

— Cela vous plaît ? Vous trouvez votre bonheur ?

— Il y a trop de choix, je sais pas quoi choisir…

— Je peux choisir pour vous, si vous souhaitez.

Elle acquiesça.

Lorsque le serveur se présenta de nouveau, Serge annonça :

— Deux Clairs de lune avec une bouteille de cidre brut, s'il vous plaît.

— Que faites-vous dans la vie alors ?

— Mon métier de *vates*. Et puis je cultive mon potager.

— Oh oui, merci encore ! Ma cheville est comme neuve. Vous n'avez jamais voulu faire autre chose ?

Penchant sa tête, elle hésita. Se moquerait-il d'elle si elle dévoilait son rêve ? De toute façon, s'il le faisait, il ne mériterait pas de devenir son ami !

— J'aurais aimé devenir druide, souffla-t-elle.

— Druide ?

Les yeux de Serge s'arrondirent. Arganthaëlle opina de la tête.

— Exactement ! Je sais que c'est pas possible. Mais, je suis sûre que j'ai pas moins de magie que certains druides.

Serge grimaça. Elle craint un instant de l'avoir offusqué. Après tout, il avait été viré de l'Ordre et elle venait indirectement de se comparer à lui. Quel manque de tact ! Elle reprit :

— Je parlais pas de vous, hein ?

Un léger sourire naquit sur les lèvres de son compagnon.

— Je vois ce que vous voulez dire. L'Ordre reste figé dans le temps. Les femmes devraient en faire partie. La magie des *vates* et des druides n'est pas très différente après tout.

— Tout à fait, je suis contente que quelqu'un soit d'accord. Mon père n'a jamais voulu l'entendre. Et, mon frère n'écoute pas, trop occupé avec son Isabel.

Le serveur débarqua avec leurs galettes de sarrasin recouvertes d'une fondue de poireaux et de lamelles de saumon fumé. C'était bien présenté, mais guère copieux. Arganthaëlle espéra qu'elle n'aurait plus faim après. À quoi ça servait de venir au restaurant si on mangeait moins que chez soi ?

Serge attaqua son plat et commenta en disant qu'il était excellent. La jeune femme en fit de même, tentant de manger avec autant d'élégance. Tous les gestes de Serge semblaient tellement précis, presque calculés. Perdu dans sa contemplation, Serge dut répéter pour qu'elle l'entende :

— Arganthaëlle, voudrais-tu venir à la célébration de l'équinoxe avec moi ?

Le passage au tutoiement fit rosir ses joues. Ou était-ce le cidre ?

— À la fête de l'équinoxe ?

— Oui.

— Avec plaisir !

Cette célébration marquait le réveil de la terre après son long sommeil hivernal. Les pratiquants des anciens cultes se réunissaient autour d'un grand pique-nique qui s'éternisait jusqu'à la tombée de la nuit. C'était souvent le début de nouvelles histoires de cœur parmi les jeunes gens. Mais, même parmi les Celtes, Arganthaëlle avait toujours traîné une réputation d'excentrique et s'était retrouvée à l'écart des romances.

Sa robe bleu marine bien repassée, Arganthaëlle profitait des rayons de soleil de mars, un châle sur les bras, blanc pour respecter la tradition de l'équinoxe. Elle se mordilla les lèvres avant de se rappeler qu'elle les avait peintes avec du rouge à lèvres. En avait-elle trop fait ? Elle avait longtemps hésité en observant le tube retrouvé dans un tiroir de sa mère. Elle s'étudia dans le miroir. Ses longs cheveux bruns ondulaient autour de son visage. Sa peau n'était jamais pâle même au sortir de l'hiver au vu du temps qu'elle passait à l'extérieur. Le rouge sur ses lèvres faisait ressortir le bleu de ses yeux. Elle sourit. Pour une fois, elle avait l'impression d'être jolie malgré ses traits marqués. Mais peut-être que Serge n'avait aucune intention romantique à son égard. À tous les coups, il se sentait obligé de la remercier encore pour cette cheville. Elle secoua la tête. Non, il l'avait déjà fait. S'il l'avait invitée après leur dîner, c'est qu'il l'avait trouvée d'une agréable compagnie.

Un bruit de moteur se rapprocha. L'avantage d'habiter dans la campagne profonde, c'est que l'on sait toujours quand on a de la visite. *Sauf quand il s'agit d'un randonneur perdu*, songea-t-elle. Dans la cour débarqua une Renault 5 flambant neuve. Serge sortit de l'arrière de la voiture et vint lui baiser la main.

— Je suis venu avec mon frère. Sa petite amie est là aussi, chuchota Serge à l'oreille d'Arganthaëlle.

Cette dernière grimaça. Elle n'avait pas imaginé qu'ils seraient plusieurs. Elle avait assurément prêté des intentions à Serge qu'il n'avait pas.

— D'accord, lâcha-t-elle.

Serge perçut son désarroi, car il reprit :

— C'est juste pour le trajet.

Arrivés dans une prairie entourée de grands arbres, Arganthaëlle et Serge s'éloignèrent rapidement de son frère et son amie. Ils avaient subi leurs niaiseries tout le trajet et, d'un regard complice, avaient compris qu'ils partageaient la même opinion. Trop de « Tu chantes aussi bien que Sylvie Vartan, mon cœur. Même mieux ! » au son de la radio !

Une multitude de nappes colorées étaient installées dans l'herbe verte, des paniers sur le côté. Arganthaëlle déposa une quiche sur l'une d'elles qui contenait déjà terrines, salades, poulets rôtis. Le partage était un mot d'ordre de l'équinoxe. Et le pique-nique organisé à l'occasion était le meilleur moyen de le faire.

Se promenant parmi la foule, la chaleur du soleil réchauffait le visage d'Arganthaëlle, ses yeux bleus plissés par la lumière. Serge approcha la main de la sienne et la saisit délicatement. Elle se tendit avant de se relâcher sous le contact agréable. Ça voulait dire quoi exactement ? Ils étaient amis ? Ou plus ? Que voulait Serge ? Du coin de l'œil, elle l'examina.

Les lèvres roses de Serge étaient étirées en un sourire, son visage respirait la quiétude. À l'intérieur d'Arganthaëlle, au contraire, tout bouillonnait.

— Ça ne va pas ? demanda-t-il.

— Si, c'est juste que tout ça, c'est nouveau pour moi, expliqua-t-elle en désignant leurs mains entrelacées.

— Pour moi aussi, souffla-t-il.

Jeux et grignotages durèrent tout l'après-midi. Arganthaëlle appréciait le contact de la main de Serge qu'elle n'avait pas lâchée, à l'exception du roulage général dans l'herbe. Cette tradition de l'équinoxe consistait à se jeter du haut d'une colline pour dévaler la pente en roulant. Les vêtements blancs se retrouvaient alors tachés de vert et marquaient le début de la saison.

Les années précédentes, elle venait avec son frère Aymeric, absent aujourd'hui, trop occupé avec son Isabel. Elle poussa un soupir. Alors qu'elle aurait tout donné pour faire partie de l'Ordre, son frère ne semblait pas avoir envie d'y rester. C'était tellement ironique.

— Qu'est-ce qu'il t'arrive ? Tu as l'air soucieuse d'un coup, remarqua Serge.

— Je pensais à mon frère qui cherche presque à fuir l'Ordre et à moi qui donnerais presque tout pour l'intégrer.

— Presque tout ? demanda-t-il un sourcil levé.

— C'est mon rêve le plus cher, avoua-t-elle. Tu es le premier qui semble comprendre.

— Ça ne m'étonne pas, déclara-t-il en caressant délicatement son bras.

Arganthaëlle frissonna au contact. Pour la première fois de sa vie, elle avait l'impression d'être acceptée entièrement. Levant les yeux vers Serge, son attention se fixa sur ses lèvres si bien dessinées. Que ressentirait-elle en l'embrassant si une simple caresse la bouleversait ainsi ?

La bouche de son compagnon s'étira dans un sourire puis il approcha son visage du sien. Arganthaëlle, le regard toujours rivé sur sa bouche, frémit d'anticipation. Enfin, leurs lèvres entrèrent en contact. C'était doux et chaud. À l'intérieur d'Arganthaëlle, un véritable feu d'artifice de sensations prit place. C'était pour ça que les gens ne cessaient de s'embrasser. Avidement, elle approfondit le baiser, agrippant la chemise de Serge. Elle aurait souhaité que cela ne s'arrête jamais. Serge s'éloigna, essoufflé. Ses yeux brillaient d'une lueur qu'elle n'avait jamais vue.

— On recommence ? demanda Arganthaëlle, ne pouvant retenir les mots.

Serge s'esclaffa, mais s'exécuta avec dévotion. Le reste de l'après-midi ne fut plus que baisers, caresses et rires. Arganthaëlle avait l'impression d'être entrée dans une nouvelle dimension, celle des amoureux.

Au crépuscule, tous les assemblés se retrouvèrent sur la plage autour d'un groupe d'hommes revêtus de robes blanches, les druides. Devant chacun une petite coquille de noix ouverte était disposée. Les mages tracèrent des symboles dans le sable puis scandèrent un mot incompréhensible. Arganthaëlle tenta de voir les dessins, mais déjà les bouquets d'aromates, catalyseurs magiques, s'étiolaient et les runes s'effaçaient. Une à une, les coquilles s'allumèrent comme si une bougie était disposée à l'intérieur. Les druides les saisirent et s'avancèrent dans l'océan, l'eau jusqu'aux mollets. Ils les déposèrent puis revinrent au rivage. Chacun put admirer la centaine de points lumineux tressauter au gré des vagues. La coutume voulait que l'on fasse un vœu avant que la mer ne parvienne à éteindre toutes les lumières.

Arganthaëlle jeta un coup d'œil à Serge à ses côtés. Que souhaitait-elle ? Que leur histoire s'approfondisse ? Qu'ils se marient ? Qu'ils aient des enfants ? Un soupir lui échappa. Peut-être. Mais ce n'était pas ce qu'elle voulait plus que tout. Elle voulait devenir druidesse. Se concentrant sur cette pensée, elle observa les vagues prendre le dessus sur les coquilles, marquant ainsi la fin de l'hiver.

Sur le trajet du retour, Arganthaëlle et Serge marchaient lentement. Les petites caresses du pouce de Serge remuaient quelque chose chez la jeune femme.

— J'ai vu comment tu essayais d'étudier les runes.

Arganthaëlle rougit.

— J'aimerais savoir. Je voudrais essayer !

Elle regarda le sol, gênée d'avoir été prise en flagrant délit. Puis la colère prit le dessus.

— Après tout, qui a décidé que les femmes ne pouvaient pas jeter de sortilèges ? Qui a décidé que j'étais une simple *vates* ?

— Diable ! Mais tu es une véritable suffragette ! Je suis d'accord, c'est ridicule de fermer la porte au nez des femmes. Le système est si archaïque… Comment ça se fait que tu n'aies pas de voiture ?

— Par les korrigans ! Je vois pas le rapport. Une fois tu parles de runes et après de voiture ?

— Ça m'étonne juste qu'une féministe comme toi n'ait pas passé le permis pour plus d'indépendance.

— C'est pas que j'ai pas passé le permis. C'est que personne a voulu me le donner…

Serge s'arrêta de marcher et la fixa :

— Personne ne t'a donné le permis ? Tu sais que c'est pas quelque chose qui se donne ?

Arganthaëlle haussa les épaules.

— Enfin, au bout de cinq fois, ils auraient pu me le filer ! C'est juste parce que je roule un peu vite et que je suis une femme, je suis sûre ! Si j'étais un homme, ils me l'auraient donné.

Son ami — petit ami ? — s'esclaffa.

— Fais-moi penser à ne jamais te laisser conduire !

— Certainement pas. C'est un complot à l'encontre des femmes. Je roule pas si vite.

Il secoua la tête en ricanant.

— Une fois, deux fois, je ne dis pas. Mais cinq fois ! Je pense qu'il faut accepter que tu conduises mal, là !

— N'importe quoi !

Croisant les bras devant elle, elle fit mine de bouder.

Serge s'approcha et apposa ses lèvres sur les siennes pour entamer un doux baiser. Arganthaëlle frémit à ce contact. Sa colère s'évapora.

— Pour le permis, je ne peux rien pour toi. Mais pour l'Ordre, j'ai une idée, proposa Serge en s'écartant.

L'espoir saisit Arganthaëlle.

— Quoi ?

— Comme je ne fais plus partie de l'Ordre, je ne vois pas pourquoi je ne t'enseignerais pas quelques trucs.

— Vraiment, tu ferais ça ?

Il hocha la tête.

— Ces idiots ne s'en remettraient pas de te voir lancer des sortilèges.

Un sourire machiavélique habillait son visage. Arganthaëlle s'empressa d'acquiescer. Il reprit :

— Je pourrais t'apprendre à tracer les runes et leurs diverses significations. Les bouquets d'aromates, tu devrais gérer facilement ?

— Ah ça oui, la plupart des vieux schnocks qui sont trop âgés pour se baisser viennent m'acheter leurs herbes.

— Je ne pourrai pas tout t'enseigner vu qu'ils ne m'ont pas gardé longtemps. Mais juste assez pour épater la galerie !

Jamais son vœu de l'équinoxe de printemps n'avait semblé être efficace. Mais cette année… Arganthaëlle avait envie de sauter partout. Elle se retint de justesse, saisit la main de Serge et l'attira contre elle pour un baiser de remerciement qu'elle s'efforça de rendre convaincant.

Assise dans l'herbe à côté du potager, Arganthaëllle écoutait Serge avec attention.

— Donc, tu vois, si tu inscris une rune à l'envers, elle prend le sens contraire. Tu multiplies ainsi la quantité de sortilèges que tu peux créer. Répète-moi le nom des six premières runes et leur signification.

Appliquée, elle récita :

— *Fehu*, la richesse, le bétail. *Uruz* la force. *Thurisaz, Ansuz, Raido*, le voyage. *Kaunan*, le feu.

— Parfait ! Donc par exemple, si tu voulais donner plus d'énergie à ton coq, tu utiliserais quelle rune ?

D'un geste, il désigna l'animal qui se pavanait au milieu de la cour.

— J'utiliserais *Fehu* pour lui et *Uruz* pour la force ?

— Oui, dans quel ordre ?

Arganthaëlle mordilla sa lèvre. L'ordre avait une importance ? Quand elle avait vu son frère tracer des symboles puis psalmodier, la magie des druides lui avait paru bien simple alors qu'elle n'était que réflexion et anticipation. Loin de sa magie instinctive de guérisseuse.

— *Uruz* d'abord ? tenta-t-elle.

— Je t'embête, ricana Serge. L'ordre n'a aucune importance. Tout comme pour la signification, c'est ce à quoi tu vas penser en prononçant les mots qui va réaliser ton sort. L'ordre des mots doit juste te sembler logique dans ton esprit.

Elle le tapa gentiment sur le bras.

— C'est pas sympa de se moquer ainsi !

— Comment puis-je rattraper ma vile attitude ? chuchota Serge en s'approchant d'elle.

— Comme ceci ! lança-t-elle en apposant ses lèvres sur les siennes pour un profond baiser.

Une douce chaleur se propagea dans son bas ventre. Jamais elle ne se lasserait de ces sensations ! Depuis l'équinoxe, ils ne cessaient de se voir, souvent pour que Serge dévoile les secrets des druides à Arganthaëlle, mais aussi pour discuter et pour batifoler. Leurs baisers se faisaient de plus en plus profonds, leurs caresses de plus en plus osées. Arganthaëlle attendait avec impatience et appréhension le prochain cap que passerait leur relation.

— Suis-je pardonné ? susurra Serge en rompant leur baiser.

— Je pense que tu peux faire mieux.

Il s'exécuta docilement, sa bouche attachant la sienne, une main posée entremêlée dans ses cheveux et l'autre caressant la peau de sa cuisse sous sa robe. La peau d'Arganthaëlle se hérissa. Quand ils s'écartèrent finalement, elle faillit trébucher sur le coq qui s'était avancé dans son dos.

Elle se rattrapa à Serge et ricana.

— Décidément, ce coq a peut-être pas besoin de plus d'énergie ! Je peux tenter le sortilège inverse en traçant la rune à l'envers ?

Serge étira ses lèvres dans un sourire et acquiesça.

— C'est en pratiquant que tu t'entraîneras vraiment. Apprendre les runes et leur signification, c'est bien joli, mais il faut ressentir la magie à l'œuvre.

Il sortit d'une sacoche de cuir un carnet et un crayon de bois et les tendit à Arganthaëlle. Appliquée, elle se concentra et traça la forme de la rune telle qu'elle la voyait.

Satisfaite de son résultat, elle le montra à Serge qui opina de la tête.

— Il te faut un catalyseur aussi.

Arganthaëlle se dirigea dans sa maison. Elle étudia les herbes séchées qui pendaient aux poutres et réfléchit. Le thym et la sauge lui semblaient convenir. Énergisants, ils soutiendraient sa magie. Elle s'en saisit et les montra à son compagnon qui l'avait suivie.

— Parfait. Prononce le nom de la rune maintenant. Tout en appelant ta magie et en pensant à l'effet que tu veux qu'il ait.

— *Zuru*, cria Arganthaëlle.

Son noyau magique vibra au creux de son ventre, bien différent de ce qu'elle avait ressenti lors des baisers de Serge. Elle visualisa un coq bien plus calme, arrêtant de gambader partout. Le bouquet d'herbes s'enflamma dans sa main. Elle le lâcha et l'observa se consumer. Tout du long, sa magie s'activait. Quand il ne resta plus que des cendres, elle releva la tête et vit le coq tituber avant de s'écrouler. Elle ouvrit la bouche de stupeur. Elle avait réussi. Elle pouvait faire la même chose que les druides. L'animal ne se relevait pas. Inquiète, elle s'avança vers lui. Serge la rejoignit.

— Tu crois qu'il va bien ? demanda-t-elle.

— Je pense qu'il s'est simplement endormi. Il faut aussi apprendre à doser la magie. En hurlant ainsi ta rune, ta magie a cru qu'il fallait une grosse dose de pouvoir.

Arganthaëlle rougit. Il lui restait encore beaucoup à apprendre sur les runes. Elle se releva et sourit à son amoureux.

— Merci de prendre le temps de m'apprendre. C'est tellement important pour moi.

Encore une fois, elle décida de traduire sa reconnaissance avec des baisers démonstratifs.

Alors qu'Arganthaëlle triait ses aromates et composait des bouquets pour les sortilèges, on frappa à la porte. Étrange. Serge ne devait venir qu'en fin d'après-midi.

Elle entrouvrit. Aymeric.

— Salut Thaëlle ! Tu me laisses entrer ? Ça caille dehors.

Quand son frère venait dans la maison de leur enfance, Arganthaëlle avait toujours cette impression de retourner en arrière. Quand leurs parents étaient encore là et qu'ils étaient encore complices. Malheureusement, les visites de ce dernier se faisaient rares. Isabel devait considérer leur vieille maison campagnarde comme un taudis. Elle s'était horrifiée la seule fois où elle était venue quand elle avait appris que les toilettes se trouvaient dans le jardin.

— Qu'est-ce que tu fais ? demanda-t-il en étudiant les bouquets.

— Y a des druides qui sont plus capables de se baisser par terre pour ramasser leurs herbes, ou qui sont trop fainéants. Du coup, je leur vends.

Elle tut le fait qu'elle en gardait pour elle-même et s'essayait aux sortilèges, ne sachant comment il réagirait.

Il secoua la tête en s'esclaffant.

— N'importe quoi ! Enfin, ça me conforte dans mon idée.

— Ton idée ?

Il s'assit sur une chaise.

— Celle de quitter l'Ordre.

— De quitter l'Ordre ? Par les korrigans, t'es malade !

— Je suis parfaitement sérieux Thaëlle. Je suis jamais d'accord avec eux.

— Mais tu fais partie du Premier Cercle !

Comment pouvait-il faire ça ? Il passa une main dans ses cheveux bruns.

— Tu peux pas comprendre !

— Ça, c'est sûr ! Tu as la chance d'avoir intégré le Premier Cercle de l'Ordre et tu veux tout quitter. Si t'es en désaccord, change les choses !

Une illumination la traversa.

— C'est Isabel qui veut que tu arrêtes ?

Penaud, il hocha la tête.

— Tu comprends, on va bientôt se marier. On prévoit d'avoir des enfants. Elle ne supporte pas nos coutumes celtes de paysans.

Arganthaëlle serra les poings et asséna :

— Tu vas renier tout ce que tu es pour elle ?

Aymeric se leva d'un bond :

— Je te permets pas ! Tu comprends pas… T'as jamais été amoureuse.

Un rire froid s'échappa des lèvres d'Arganthaëlle. Elle était loin la complicité de leur enfance.

— Détrompe-toi ! Je suis amoureuse.

Les yeux d'Aymeric la dévisagèrent avec surprise.

— Toi ? Amoureuse ?

— Parfaitement. Il s'appelle Serge. C'est très sérieux entre nous.

— Serge ? L'apprenti qui a été exclu de l'Ordre ?

Elle hocha la tête.

— Parfaitement.

— Tu peux pas fréquenter ce type…

— Et pourquoi donc ?

— Tu penses vraiment que tu lui plais ? Il a une idée derrière la tête, j'en suis sûr.

Arganthaëlle serra les poings et défia Aymeric du regard. Il ne baissa pas la tête, semblant sûr de lui.

— Sors de chez moi ! hurla-t-elle en l'attrapant par le bras. Je veux plus jamais te voir !

La porte à peine refermée, elle explosa en sanglots, le cœur en miettes. Pour une fois que la vie lui souriait, son frère venait tout gâcher.

Arganthaëlle suivait Serge dans la grande clairière qui allait accueillir la fête de Beltane. Le cœur chagriné, elle ne cessait de penser aux paroles blessantes de son frère. Elle n'avait pas osé en parler à son compagnon. De jeunes gens s'étaient installés autour du mât de mai, grand mât en bois installé au centre par les druides. Les musiciens entamèrent une mélodie rythmée. Arganthaëlle tira Serge par la main avec enthousiasme. Son frère ne ruinerait pas sa soirée. Cette tradition était réservée aux couples ; elle avait toujours souhaité y participer. Ils attrapèrent chacun un ruban, Arganthaëlle un rouge, Serge un jaune, et se placèrent dans la ronde.

D'un seul élan, tous les danseurs se mirent à piétiner le sol en cadence avec le tambour et la cornemuse. Et tourne, et vire. Les hommes et les femmes ne cessaient de se croiser, passant leurs rubans l'un au-dessous de l'autre à chaque fois. Rapidement, ceux de Serge et Arganthaëlle s'emmêlèrent au lieu de former la tresse attendue. Riant à gorge déployée devant le désastre, ils laissèrent leurs places à deux autres danseurs qui trépignaient d'impatience et s'indignaient du résultat. Main dans la main, ils errèrent parmi la foule joyeuse.

Les deux amoureux observèrent les druides qui étaient occupés à bénir le bétail près du grand feu de joie magiquement créé. Autrefois, c'était une mission importante, surtout pour les paysans. De nos jours, cela n'était que pure tradition. Quelques animaux seulement étaient amenés et bénis par des sortilèges protecteurs. Du coin de l'œil, Arganthaëlle aperçut Aymeric parmi les druides. Il était venu. Lui qui voulait quitter l'Ordre. À sa vue, l'agacement la saisit. Elle serra plus fort la main de Serge. Aymeric n'avait aucun droit de juger ainsi leur relation, il ne le connaissait pas ! Il ferait mieux de s'occuper de son Isabel…

Après le bétail, les participants s'étaient amusés à sauter par-dessus le feu de Beltane. C'était censé porter chance, ou plutôt apporter la fertilité. Arganthaëlle et Serge s'amusèrent à enjamber ensemble les flammes. La soirée continua ainsi de longues heures entre chants, musiques, danses et rires. Alors que la nuit se faisait de plus en plus noire, les invités s'échappaient peu à peu. Serge saisit la main d'Arganthaëlle :

— J'ai une surprise pour toi.

— Vraiment ? C'est quoi ?

Il secoua la tête.

— Ce ne serait plus une surprise. Rien qui se donne, précisa-t-il, il faut que je t'emmène.

Il lui attrapa la main et l'entraîna à sa suite en riant. Après quelques minutes de course, Serge s'arrêta. Il posa ses lèvres sur celles d'Arganthaëlle, les mordillant. Le baiser s'approfondit et généra une vague de chaleur dans le bas-ventre d'Arganthaëlle. Lorsque Serge s'écarta, elle ne put retenir un gémissement.

— *Uruz Uruz Uruz*, murmura-t-il.

Aussitôt une dizaine de bougies s'enflamma et éclaira une petite clairière. Au centre, une couverture blanche qui semblait douce était installée, une rose rouge posée dessus.

Arganthaëlle regarda Serge, les sourcils dressés.

— J'ai pensé qu'on pourrait prolonger la soirée en observant les étoiles.

Observer les étoiles ? Arganthaëlle se retint de rire. Clairement, les étoiles ne semblaient pas la priorité de Serge au vu du regard brûlant qu'il posait sur elle. Était-elle prête à passer ce cap dans leur relation ? Au vu de la moiteur entre ses cuisses, son corps en mourrait d'envie. Mais c'était un gros bouleversement dans leur couple. En même temps, elle n'avait jamais eu envie d'attendre le mariage pour découvrir les plaisirs de la chair.

— Avec plaisir, proposa-t-elle.

Serge saisit la rose et lui offrit.

— Pour la plus belle et la plus puissante des *vates*, déclara-t-il.

Arganthaëlle s'empourpra. Jamais, on ne lui avait jamais fait de compliments sur sa beauté. Cependant, elle appréciait qu'il admire aussi ses pouvoirs.

Allongée, Arganthaëlle faisait mine d'étudier le ciel étoilé tandis que Serge la dévorait des yeux, ses mains caressant la peau de ses bras, de sa gorge. Emplie de frissons, elle tourna sa tête vers lui. Aussitôt, comme aimantées, leurs lèvres fusionnèrent. Chaque mordillement emplissait son ventre de plus de chaleur. Faisant pivoter son corps, elle se rapprocha encore et entremêla ses jambes à celles de Serge. Il butina son visage de petits baisers. Une de ses mains glissa sur la peau hérissée de sa cuisse puis s'arrêta.

— Continue, ordonna Arganthaëlle la voix rauque.

— Tu es sûre ? vérifia Serge.

— Certaine.

Ce fut les dernières paroles qu'elle prononça cette nuit-là. Le reste ne fut que gémissements de plaisir.

Quand le soleil éclaira la petite clairière, Arganthaëlle se couvrit les yeux, éblouie par la vive lumière qui perçait à travers la canopée des arbres. Les souvenirs de sa nuit d'amour firent rosir immédiatement ses joues. La couverture dans son dos était humide à cause de la rosée. Elle se tourna puis se redressa vivement. Où était Serge ? Elle scruta les environs, sans voir sa silhouette. Il avait dû se lever pour une envie pressante, se rassura-t-elle. Arganthaëlle se rallongea, un bras au-dessus de son visage et tenta de se rendormir.

Mais où était-il ? Cela faisait trop longtemps ! Il aurait dû revenir. Le sommeil l'avait définitivement quittée. Elle se leva et, toujours pieds nus, déambula autour des bougies consumées depuis longtemps. Aucune trace de l'homme. Pas de vêtements, pas de chaussures. Comme s'il s'était volatilisé. Son regard revint sur les bougies. Quelque chose clochait. Là ! Sous chacune d'elle, un petit bouquet d'aromates dépassait. Étrange ! Qui avait besoin d'autant de catalyseurs pour un simple sortilège de lumière ? Ou alors c'était un sort puissant. Dans son ventre, l'angoisse commença à poindre, le bonheur ressenti la veille totalement oublié. Qu'avait fait Serge ? Les bouquets dissimulés, son absence… Tout puait l'entourloupe.

Arganthaëlle rassembla ses affaires et secoua la couverture. Un bout d'écorce tomba au sol. Elle le ramassa. Des runes étaient gravées dessus. *Uruz*, l'énergie. *Dagaz*, le jour, la transformation. *Pertho* : la pierre, le hasard, la femme ou la magie. *Ngwaz* : la fertilité, la conquête ou la confiance. *Mannaz* : l'homme.

Un froid glacé la saisit. Le sortilège avait-il été lancé ? Serge ne lui avait fait que transcrire les sorts sur des feuilles de papier ou du sable. Aussitôt en action, les runes disparaissaient immédiatement. On pouvait les graver, elle savait, pour un effet plus long. Qu'avait fait Serge ? Les bouquets consumés démontraient l'usage de la magie. Il avait transformé son énergie ? Pourquoi *Pertho* et *Mannaz* ? L'homme et la femme. Prise d'un soupçon, elle se focalisa sur son noyau magique, au creux de son ventre. Non ! La chaleur de sa magie avait disparu, ne laissant que des cendres.

Les larmes coulèrent sur ses joues dans un flot ininterrompu. Comment avait-il osé ? Seule une faible concentration de magie persistait en elle. Il avait volé sa magie. Pourquoi ? Elle lui faisait confiance, lui avait donné sa virginité.

Après plusieurs heures de marche, Arganthaëlle arriva en vue de sa maison. La douleur de la trahison avait fait place à la colère. Elle récupérerait sa magie. Serge allait regretter de s'en être pris à elle. Les druides seraient informés de ses agissements.

Devant sa porte se tenait une foule de curieux. L'arbre de mai. Elle réalisa avec horreur qu'elle avait oublié cette fichue tradition. Le lendemain de la célébration de la Beltane, les hommes devaient déposer une branche d'arbre devant la porte de leur bien-aimée. Chaque variété d'arbres avait sa signification. Jusqu'alors, personne n'avait rien déposé devant sa porte, ce qui faisait déjà jaser les mauvaises langues. Craignant le pire, elle se glissa parmi les curieux. Ils n'avaient que ça à faire. Le tour des maisons pour commérer. Sur son perron, une branche de cerisier la narguait. *Fille facile !* Elle serra les poings avec rage tandis que les médisants la regardaient arriver. Relevant le menton, elle refusa de laisser voir qu'elle était touchée d'une quelconque façon. Serge avait bien joué son coup. Avec une branche de cerisier sur son perron, personne ne la croirait désormais.

Accélérant ses pas, elle saisit la cause de sa disgrâce et la balança derrière elle. Des cris retentirent dans son dos. Les ignorant, elle s'engouffra dans sa maison et s'effondra au sol aussitôt la porte refermée.

Deux semaines s'étaient écoulées depuis la fête de la Beltane. Arganthaëlle ruminait de sombres pensées. Décidée à se confier, elle avait invité son frère, malgré leur dernière conversation.

Lorsque ce dernier arriva, elle grimaça, se demandant comment aborder le sujet.

— Thaëlle, je sais que t'étais fâchée à propos de Serge.

Elle voulut lui répondre que finalement il avait raison. Cependant, Aymeric reprit :

— Enfin, il a réussi à intégrer le Second Cercle des druides. Ses pouvoirs se sont subitement révélés.

L'enfoiré ! Ses ongles s'enfoncèrent dans sa paume. C'était ça son objectif ! Il lui avait fait croire qu'il la comprenait pour mieux l'utiliser à ses desseins. Même si elle connaissait quelques runes, jamais aucun druide ne la croirait si Serge était au sein de l'Ordre. Entre ça, l'arbre de mai et son absence de magie, il avait ruiné toute chance de le dénoncer. Son frère continuait, sans s'apercevoir de son émoi.

— C'est ta vie, tu es grande. Tu m'as dit que tu avais quelque chose à me dire ? Moi aussi, ça tombe bien !

Un grand sourire éclairait son visage. Arganthaëlle étira légèrement ses lèvres.

— Dis-moi d'abord. T'as l'air tellement impatient !

— Je vais être papa !

— Quoi ?

Pourtant, elle aurait dû s'y préparer. *Enfin, ils auraient pu attendre le mariage*, songea-t-elle avec une pointe d'hypocrisie.

— C'est tout frais. Il arrivera pour janvier normalement. Je suis tellement heureux. Isabel aussi !

— Mes félicitations, dit-elle platement.

— T'as pas l'air ravie ?

— Si, si. Juste surprise. Promets-moi que tu élèveras ton enfant selon nos traditions. Même si tu quittes l'Ordre.

Il grimaça puis lâcha :

— J'ai mieux. Tu te chargeras de tout lui enseigner. Ça te va ?

D'un hochement de tête solennel, elle accepta.

— Et toi ? Qu'est-ce que tu voulais me dire ?

Arganthaëlle observa son frère, rayonnant de joie, et prit sa décision.

— Serge et moi, c'est fini.

— Ah bon ? Pas à cause de moi, j'espère ?

— Non, divergence d'opinions, parvint-elle à articuler en camouflant les sanglots qui la menaçaient.

Aymeric tendit les bras. Elle se jeta contre son torse et respira son odeur familière. Elle hésita à tout déballer. Son grand frère interviendrait et prendrait sa défense, elle en était certaine, mais elle passerait pour une demoiselle sans défense. Elle ne voulait déprendre d'aucun homme, même Aymeric. Serge attendrait. La vengeance est un plat qui se mange froid, disait-on.

Dans les bras de son frère, elle imagina le futur et cet enfant qui lui ressemblerait peut-être. Pour la première fois depuis deux semaines, elle esquissa un sourire.

À propos d'Aurélie

Aurélie est une lectrice passionnée depuis toujours. Elle dévore des romans de tout genre : policier, thriller, roman contemporain, fantastique, science-fiction, romance… Ces derniers temps, elle a développé un goût particulier pour la fantasy.

Rêveuse, elle a toujours apprécié les rédactions pendant ses études, mais ce n'est que récemment qu'elle s'est réellement mise à écrire. Son roman fantasy *La prophétie* est sorti en août 2021. Il est le premier d'une duologie intitulée *Ys*.

Vous pouvez le retrouver sur *amazon* ou sur son site internet https://aureliephilippeauteur.com

Vous pouvez contacter Aurélie sur *instagram* ou *facebook : @aurelie_philippe_auteur.*

Start of something new

Astrid Morrigan

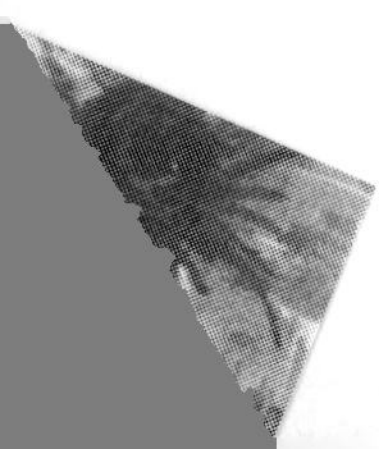

Tu fixes ta chope d'un air absent, à peine conscient que cette dernière est terminée. T'es seul. Les tabourets à tes côtés sont vides, à croire que la nouvelle de ton incompétence s'est répandue aussi vite qu'une traînée de poudre. Oh, tu ne t'en plains pas vraiment. Dans un sens, cela te permet de te retrouver seul face à tes pensées, de boire comme un trou pour oublier ta peine et ta colère. Et ses yeux… Ses yeux vides, qui semblent te suivre où que tu ailles. Tu ne veux pas oublier ta femme, mais lorsque tu penses à elle, c'est la première chose qui te vient en tête. Ça, et sa peau glaciale. Ses lèvres entrouvertes ne laissant passer aucun souffle. Ses cheveux éparpillés, baignant dans une mare de sang. Tu n'as pas su la protéger Seven, toi, soldat si fort. Toi, lieutenant des forces du roi, maintenant rétrogradé. Oublié. Détesté. Tu retiens un haut-le-cœur et essayes de te concentrer sur les bruits des environs afin de ne plus penser à ces cauchemars qui te hantent nuit et jour.

Et c'est là que tu l'entends.

Ce violon. Bien plus distinctement que le brouhaha des conversations ou les cris des ivrognes. T'as toujours aimé la musique, elle t'apaise. C'est bien l'un des rares trucs que tu aimais apprendre quand tu vivais encore dans la riche demeure parentale. Alors… Pour la première fois depuis longtemps, tu relèves la tête et la tournes vers l'origine du bruit, essayant de profiter de ce moment d'accalmie. Le morceau commence, doux, mélancolique. Il semble… te parler au plus profond de toi, il semble vouloir panser tes blessures. Et soudain, une voix cristalline s'élève. Tu n'arrives pas à saisir les mots, le sens… Mais c'est si beau…

Un ivrogne se met soudainement à crier, ébranlant ce moment de sérénité. Tu lui lances une cuillère qui traîne sur la table en plein dans le pif afin de le remettre à sa place.

— Ta gueule et… écoute.

Et t'es tellement ivre que tu ne remarques pas ce regard glacial qu'il te lance. Le peu d'énergie que tu possèdes encore se concentre désespérément sur la voix. Parce que cette voix, cette chanson, ce violon… Ça fait remonter en toi un tas de beaux souvenirs.

Une vague d'émotions t'assaille, les larmes te montent aux yeux sans que tu ne puisses les arrêter et soudainement… La musique cesse.

Encore sous le coup de ce bien-être que tu as ressenti, tu clignes des yeux, reprenant tes esprits.

Ah.

T'es toujours à la taverne. T'as pas bougé. Alors qu'est-ce que c'était que ces rêves, ces trois femmes que tu voyais, ce garçon qui grandissait… Tu t'essuies rageusement les yeux, attrapes la chope, renverses la tête en arrière, prêt à boire… mais rien. Tu fixes le fond vide, le regard morne.

— À boire ! — que tu beugles en agitant ton verre.

Mais le tavernier ne veut plus de toi. Pour ton bien, qu'il te dit. C'est ça ouais. C'est plutôt qu'il doit penser que tu dois plus avoir un rond sur toi. À raison. De rage, tu balances ta chopine contre le mur, la faisant exploser en mille morceaux. Des débris s'enfoncent dans tes mains sans que t'y prennes garde. Des cris résonnent autour de toi, mais tu n'entends rien, trop hypnotisé par le liquide vermeil qui coule le long de tes poignets.

Des mains t'empoignent soudainement. D'abord sidéré et ne comprenant pas ce qu'il se passe, tu finis par planter tes pieds dans le sol avec un cri de rage. On te pousse lentement mais sûrement vers la sortie. T'es pas con. Tu vois là, en face de toi, les portes qui approchent. T'es p't'être complètement jeté, mais quand on t'éloigne de l'alcool, tu deviens foncièrement mauvais.

Un cri rauque s'échappe de ta gorge et tu te débats. La rage a pris possession de ton corps et tu laisses la bête en toi sortir. Tu serais capable de tuer n'importe quoi… Ou n'importe qui. Tu ne distingues plus rien ni personne. Autour de toi, tout s'est transformé. Le bar a disparu, remplacé par l'horreur des champs de bataille. Tout n'est qu'hallucinations. Tu hurles, griffes, mords. Les coups pleuvent autour de toi.

Il faut quatre hommes pour te maîtriser totalement, après que tu as mis au sol la majorité d'entre eux. Y'a sans aucun doute des os fracturés dans le tas, des nez cassés… Dont le tien. Tu sens le liquide couler de tes narines, tachant ta chemise déjà crasseuse. Laissant des traînées sur le sol. À moitié assommé, tu regardes un homme te parler avec force. Ses lèvres remuent, son regard lance des éclairs, mais tu n'entends rien. Juste des bourdonnements sourds. Tout se confond. Tu vois autour de toi des ennemis, tu revis d'étranges expériences… Des papillons s'envolent et tourbillonnent autour de toi tandis qu'un monstre ouvre une gueule béante face à toi et t'avale.

***

Tu grognes. T'as mal partout. Mais la douleur de ton corps est éclipsée par celle de ton âme, comme toujours. Ça signifie que tu n'as pas assez bu Seven. Les cauchemars rôdent encore autour de toi, tout comme les monstres qui hantent tes nuits. Tu les sens. Tu les entends. Tu n'oses ouvrir les yeux de peur de les trouver devant toi. Mais ton imagination s'en charge. Tu revois ces corps, sens ces odeurs putrides… Tout comme celle dans laquelle tu baignes actuellement.

Une odeur de vomi. Tu gis dans un mélange de boue, de reflux et de bave qui t'ont échappé durant ce court laps de temps où tu t'es retrouvé inconscient. Tu ouvres les yeux difficilement, la douleur vrillant ton crâne. Tu ne sais déjà plus ce qu'il s'est passé. Tu sais que tu t'es battu. Tu en a mis beaucoup à terre, mais encore une fois, c'est toi qui te trouves dans la rue. Seul avec tes plaies béantes qui jamais ne cicatriseront.

Une voix féminine te tire alors de tes pensées, résonnant dans tes oreilles comme une douce mélodie :

— Vous allez bien, monsieur ?

Il te faut du temps pour comprendre le sens de la phrase, pourtant simple, tant tu es abruti par l'alcool.

— Mh…- grognes-tu, n'arrivant pas à produire une pensée claire. — Soif…

Ouais. T'as soif. Toute ta gorge est sèche depuis ton affrontement. Et t'as déjà oublié la question de la dame. Ta main bouge faiblement et tu donnes une poussée sur le sol pour venir te mettre sur le dos. Les yeux rivés vers le ciel, tu vois des étoiles. Il te faut du temps pour comprendre que ce n'est pas à cause de l'alcool, qu'elles sont bien réelles puisqu'il fait nuit. Tu finis par remarquer un mouvement à tes côtés. Ah oui c'est vrai. Il y a quelqu'un.

— À boire… — dis-tu en regardant la silhouette.

Tu bouges le bras pour attraper un morceau de tissu sur lequel tu tires mollement.

— S'vous plaît…

Que tu es pitoyable Seven, à quémander cet alcool dont tu ne sais plus te passer. Tu ne supportes plus la douleur, les cauchemars. Si tu ne bois pas, les monstres reviennent. Et tu es trop faible pour endurer ça. Trop faible aussi, pour quitter ce monde par toi-même…

Elle n'est qu'une forme floue. Tu ne saisis même pas les contours de son visage, la couleur de ses cheveux. Tes sens sont bien trop embrumés pour ça. Mais tu ressens la morsure du froid, la douleur de tes côtes, le sang séché sur ton visage. Tu devrais rentrer, mais tu ne veux pas retrouver cette chambre froide, dénuée de toute vie. Cette chambre autant en désordre que toi, tout aussi fracassée. Alors tu restes là, prostré. Attendant… Attendant quoi ? Tu ne le sais pas toi-même puisque pour toi, seule la mort pourrait te délivrer.

— Elle veut pas de moi… — murmures-tu en fermant les yeux, las, et en te laissant aller à tes sombres pensées.

Que dirait ton père Seven ? Il te renierait certainement. Toi, t'as jamais fait ce qu'il voulait. T'as pas voulu suivre les traces de tes frères. T'as pas voulu te trouver une place parmi les riches, épouser une noble dame. Toi, t'as voulu sortir, découvrir le monde, protéger les plus faibles. T'as toujours fait rager ton paternel, tu le sais bien. Mieux encore, tu sais que tu l'as toujours déçu. En même temps, comment aurais-tu pu briller, toi qui es le dernier fils ? Alors que tes six frères se sont pliés au patriarche. Alors qu'ils sont tous beaux, fiers, arrogants. Qu'ils ont tous suivi ses directives. Non, toi t'es le vilain petit canard. Tu l'as toujours été d'ailleurs, à vouloir constamment fuir ta prison dorée. Pour qu'il te remarque, il aurait fallu que tu fasses quelque chose de grandiose. C'est ainsi que tu es devenu soldat. C'est ainsi que tu es devenu la honte de ton père.

Et que diraient tes anciennes compagnes, Seven ? Ou même ce fils que tu as si peu connu. Tous morts bien trop tôt. N'auraient-ils pas honte de ce que tu es devenu ? Tu fais tellement peine à voir mon pauvre ami. Tu étais tombé bien des fois, et cependant, malgré les obstacles, tu avais réussi à grimper les échelons, à devenir important. Mais… aujourd'hui Seven, tu te dis que plus rien ne te retient, et pourtant tu es toujours là.

Tu sens qu'on te redresse la tête pour te verser quelque chose dans la gorge.

— Qui ne veut pas de vous ? — murmure doucement la voix féminine.

Sa main se pose sur ton front, une caresse au milieu de ton enfer. Tu bois avidement… Avant de remarquer que ce n'est que de l'eau. Tu secoues la tête, rejetant la gourde.

— N-Non… alcool.

Un soupir. Un murmure.

— Venez. Vous avez besoin d'un bain.

C'est que tu dois puer Seven. Le chien mort. La gerbe. La boue. Le sang. Mais t'es dans ton monde. Dans ta folie. Cela fait bien longtemps que tu ne fais plus attention à toi, que tu te moques de ton apparence et de ce que pensent les autres. En vérité, tu ne possèdes presque plus rien, et tu connais pertinemment le jugement qu'émettent les villageois à ton encontre.

— D-D'accord.

T'as pas trop compris ce qu'elle te dit. T'as cru entendre le mot « vin ». Alors t'es même prêt à la suivre jusqu'au bout du monde tant qu'elle te donne à boire.

— Vous suis. - que tu dis en te relevant laborieusement.

Puis tu te mets à marcher sans l'attendre, en trébuchant tous les deux pas. Tu entends un bruissement de tissu, puis un pas rapide alors qu'elle te rattrape tant bien que mal, gémissant sous ton poids.

— Laissez-moi vous aider.

Sa première main se place sur ton flanc, la seconde passe ton bras sur son épaule sans que tu ne le remarques vraiment. Elle te soutient et te mène dans le droit chemin. Et tu planes déjà beaucoup trop Seven, parce que sinon jamais tu ne l'aurais laissée te toucher.

***

— Attention à la marche… Voilà. Posez-vous sur le canapé. Je reviens.

Elle n'est que douceur et prévenance tandis qu'elle t'installe avant de disparaître de ton champ de vision. Mais mon pauvre ami. Regarde-toi. Affalé sur un truc mou — un canapé qu'elle a dit la dame, mais t'écoutais pas — tu trembles déjà, tellement t'es en manque. T'as l'impression que l'ultime branche qui te raccrochait à la vie vient de casser. Le seul truc que t'as toujours fait, le seul truc qui tenait encore debout dans ta pitoyable existence. Ta vie de soldat. Balayée d'un seul ordre. Le couperet est tombé. Tu ne dois ta vie sauve qu'à l'amitié que le roi avait pour toi jusqu'à présent. La belle affaire. T'aurais préféré qu'il t'exécute. La vie ne veut pas de toi dans ses pattes, elle ne veut pas que tu trouves le bonheur. Mais apparemment, la mort non plus.

Et ta tête tourne Seven. Elle tourne au point que t'es obligé de fermer les yeux pour ne pas voir le monde se transformer en un mélange tourbillonnant de formes et de couleurs. T'entends des bruits de pas. T'entends qu'on trifouille dans les tiroirs. Le bruit de l'eau.

— Laissez-moi voir votre nez.

La demoiselle est de retour. Toujours avec cette voix si douce et mélodieuse.

— Veux pas… - que tu murmures en passant ta main mollement sur tes yeux.

Mais lorsque tu les ouvres… C'est sur son visage, si proche du tien que tu tombes. Et tu as cette espèce de mouvement de recul, cette peur panique qui s'empare de tout ton corps lorsque tu la vois penchée sur toi. Tu donnes une violente poussée sur l'assise pour t'éloigner d'elle. Ce faisant, ta tête bute contre le bras du fauteuil et tu te rejettes en avant sous le coup de la douleur. Tu finis par tomber du canapé, en plein sur la jeune femme. Et ton visage est à nouveau si proche du sien que tu donnes un brutal coup sur ton bras afin de ne plus te trouver au-dessus d'elle. Tu inspires et respires brutalement avant de rouler à nouveau sur le côté, sentant la bile aigre remonter. Des étoiles dansent devant tes yeux. Et tu lui attrapes le bras alors qu'elle s'approche à nouveau.

— Pourquoi… tu f-fais… ça ? — que tu baragouines alors qu'elle s'agenouille près de toi avec sa bassine d'eau et son chiffon, déjà prête à en découdre avec tes plaies.

Les rares bougies allumées te permettent enfin de distinguer son visage. Blonde, frêle, le visage marqué par la fatigue, c'est néanmoins ses yeux qui accrochent ton regard. Doux, remplis de bonté, ils te fixent sans que tu aies l'impression qu'ils te jugent, bien qu'interrogateurs. Parce que tu vois, tu la tiens. Ta main serre son poignet pour essayer de la maintenir loin de toi. Sans doute par pur réflexe. À moins que ça ne soit plus profond que ça. À moins que ça ne soit parce que tu ne veux pas que l'on t'approche, toi, le soldat qui pense être maudit. Peut-être penses-tu que si elle reste trop longtemps à tes côtés… elle finira par être blessée à son tour. Voire pire.

Pourtant elle reprend la parole dans un murmure, loin d'être apeurée.

— Parce que vous avez paru apprécier ma musique.

Tu pousses un grognement avant de laisser retomber ta tête sur le sol.

— Z'êtes la violoniste… - que tu soupires en fermant les yeux quelques secondes, après avoir enfin fini par comprendre à qui tu avais à faire.

— Oui. - sa voix résonne, cristalline. — Je vous ai vu jeter une cuillère à cet ivrogne et réclamer le silence. Et j'ai vu aussi que vous sembliez… ému.

Silence.

Tu inspires et souffles régulièrement.

— C'était beau… — que tu murmures en regardant le plafond. — Ça m'a rappelé… de bons souvenirs… Que je croyais perdus.

Bien évidemment, le fait d'être alcoolisé t'aide à baragouiner et à t'étendre un peu plus. Toi qui n'es pas du genre à parler à la première personne venue, toi qui fais tout depuis des mois pour éviter le moindre contact avec la civilisation — hormis le tavernier — te voilà en train de parler musique. Sans doute lié à de vagues réminiscences de ton enfance…

— Je vis dans mes cauchemars… — que tu termines par marmonner avant de poser ton bras sur tes yeux pour échapper à l'éclat des bougies. — J-Je… C'était comme une lumière…

Tu sens des larmes monter, que tu peines à contenir. Ouais. Ça ressemblait à une petite lumière qui a transpercé ton obscurité, qui t'a appelé pour que tu la suives. Et tu t'es perdu dans de beaux souvenirs grâce à ça.

Nouveau silence.

— Et si vous retourniez sur le canapé ? Je pourrais nettoyer vos blessures.

Son ton semble avoir quelque peu changé. Tu ôtes ton bras, grognant un « Nan. » avant de poser un regard brumeux sur elle. Les yeux brillants d'émotion, elle évite ton regard et souffle :

— Je vous propose un marché. Vous me laissez vous soigner et je joue pour vous.

Tu soupires. Non, mais vraiment hein, elle va pas te lâcher. T'es bien au sol pourtant. Ça devient ton lit à la longue. Les jours où tu réussis à rentrer chez toi, t'as jamais trop la force de te traîner jusqu'à ton pieu. Alors tu as appris à vivre à la dure. C'est pas si inconfortable que ça. Sauf lorsque tu es blessé. Comme aujourd'hui. Tu pousses un lourd soupir :

— Veux pas… amocher le tissu.

Bah ouais hein. Parce que tu pisses le sang, faudrait pas que t'en mettes partout, elle est déjà gentille cette dame de t'aider alors que tu lui as rien demandé.

— Et j'vaux pas la peine qu'vous perdiez vot' temps pour moi… - que tu grognes.

Mais tu finis quand même par lui relâcher le bras. T'es à bout de force Seven, tu te sens incapable de livrer un énième combat ce soir. Surtout que les combats, tu les joues aux poings, et clairement, tu vas pas frapper une dame.

— Vas-y. - que tu finis par grommeler, docile. — T'as gagné.

Silence.

C'est la fraîcheur du linge qu'elle passe sur ton visage qui te fait à nouveau ouvrir les yeux. Tu tournes un visage las vers elle.

— Tu jouerais vraiment… pour moi ?

Tu fronces les sourcils, essayant de comprendre ses intentions, le pourquoi du comment elle perd son temps avec toi, mais… tu dois bien l'avouer Seven. T'en as aucune foutue idée. Par contre… tu sais pas trop pourquoi, mais ça te fait chaud au cœur ce qu'elle te propose.

— Pourquoi tu perds ton temps avec un déchet comme moi… — que tu grommelles — Je… veux pas te déranger — puis tu finis par souffler d'une voix à peine audible — Mais ça me ferait plaisir...

Ouais. Qui fait attention à ce que tu veux maintenant mon vieux ? Personne. T'es seul. Tes parents sont loin. Et de toute manière, ils ne veulent plus rien avoir à faire avec toi.

— Ça me… fait chaud… là… quand tu joues. — que tu murmures en tournant ton regard vers elle et en tapotant ton cœur d'une main gauche.

La violoniste sourit :

— Alors je jouerai pour vous apaiser.

Elle t'observe calmement. Si tu vois ses lèvres se pincer et ses sourcils se froncer, c'est encore une fois son regard qui t'attire. Tu y vois passer un élan de pitié alors qu'elle essuie le sang séché de ton visage.

— Je pense que vous devriez aller voir un médecin. — finit-elle par ajouter doucement.

Tu ôtes alors vivement tes mains des siennes, qu'elle venait de commencer à nettoyer.

— Un médecin ? Pour quoi faire ?

Franchement, les jours où tu t'es retrouvé sobre, sans aucune goutte — et tu dis bien sans aucune goutte — d'alcool cette année… Ça se compte sur les doigts d'une main. On pourrait croire qu'à carburer comme ça à l'alcool tu finisses par le supporter. Peine perdue. Tu es toujours fatigué, tu dors tellement mal que tu n'as jamais laissé une seule seconde de répit à ton pauvre corps. Et ce pauvre corps que tu malmènes tant… semble se rebiffer de plus en plus. Parce que tu vois… tu commences à être malade à boire autant. T'avais déjà peu faim avant, mais tu perds de plus en plus de poids. T'as toujours mal au ventre. D'ailleurs t'as des points rouges qui apparaissent dessus. Ouais. Faudrait peut-être consulter à un moment, mais… Pour quoi faire d'abord ? Les médecins sont même pas foutus de te donner quoi que ce soit pour éviter les cauchemars alors… Tu finis par balayer sa phrase d'un revers de main.

— Nan. Les médecins, c'est des incapables. Des charlatans.

Silence.

La jeune femme finit par reprendre la parole, changeant de sujet :

— Vous n'y êtes pas allé de main morte.

Elle murmure toujours. Et toi, tu renifles parce que t'as la douloureuse impression de te faire juger pendant un court instant. Alors, tu finis par ramper maladroitement jusqu'au fauteuil et tu te redresses dans un effort monumental. Juste… là, assis sur le sol. Avec le fauteuil en dossier. Juste pour t'éloigner d'elle. Mais elle, elle te suit, et elle finit par reprendre tes mains qu'elle plonge dans l'eau avant de les tamponner avec son chiffon. Et de recommencer à parler.

— Pourquoi avoir déclenché cette bagarre ?

Tu penches la tête en arrière poussant un grognement sous la douleur. Tu vas lui répondre hein. Parce que t'as bien pigé qu'elle te laissera pas tranquille sinon. Mais si t'étais un poil plus honnête avec toi-même — autant que peut te le permettre la quantité d'alcool que t'as dans le sang — tu comprendrais que dans le fond… T'as besoin de t'épancher. Et elle, cette inconnue, elle semble prête à t'écouter. Cette femme, avec cette douceur, ce timbre de voix si agréable… ça te touche sans doute bien plus que tu ne veux l'admettre.

— Ils m'ont cherché. - En vérité tu sais même plus pourquoi tu t'es battu. - Pourquoi, faut un permis maint'nant pour s'battre ? — que tu grondes à nouveau, un rictus sur les lèvres alors qu'elle nettoie toujours tes blessures. - J'sais pas. J'ai b'soin de cogner pour… —tu fais un léger mouvement de bras. - J'sais pas. Sortir ma colère. Y'a que ça qui me guide. Rien d'autre.

Tu pousses un profond soupir tandis qu'elle relâche son chiffon dans la bassine et replie ses genoux sous son menton.

— Pourquoi êtes-vous en colère ?

Tu grognes, essayes de te cacher pour échapper à ce regard inquisiteur. Pourtant, loin de te laisser te terrer dans un coin tel un vieux loup solitaire, la voilà qui continue à te parler :

— Vous vous faites du mal à rester dans…

— Tu comprends pas.

Tu viens saisir son visage entre tes doigts et plonges ton regard dans le sien. T'es pas une brute, mais t'es clairement pas doux non plus. Ni dans ta manière de faire ni dans tes paroles.

— T'es jeune. T'es une jolie fleur qu'attend qu'à être cueillie et aimée… — t'observes ses yeux un long moment. T'es proche Seven, si proche d'elle. — Moi j'ai plus rien à attendre. Et plus rien à donner. — tu finis par relâcher son visage avant de t'effondrer.

— J'ai mal en d'dans. La douleur physique… c'bien plus supportable que tout l'reste. Tout est d'ma faute. J'ai tout perdu.

Et t'es déjà en train de t'enfermer dans ta tristesse et ta solitude lorsque le son du violon s'élève dans la petite pièce, et avec lui, la voix de la jeune femme.

— Il est pour toi ce doux poème.
Toi étranger au cœur qui saigne.
Si de mon chant je peux t'aider.
Je ferai tout pour te guider.
Toi qui as aimé ma musique.
Au milieu de tes sombres rêves.
Rendus apocalyptiques.
Écoute ma voix qui s'élève.
Ce n'est rien qu'une douce chanson.
Mais j'espère bien grâce à mon son.
Panser tes blessures et tes plaies.
Pour qu'enfin tu sois délivré.
Toi, étranger, qui es chez moi.
Ouvre ton âme et reprends foi.
La vie est toujours devant toi.
Lève-toi et suis-moi pas à pas.

Une larme.

C'est tout ce qui roule sur ta joue tandis que, yeux fermés, tu laisses le son de la mélodie t'emporter loin. Les souvenirs défilent. Un petit garçon court au milieu des champs de blé, riant quand tu t'approches de lui pour le prendre dans tes bras et le faire tournoyer. Une jeune brune danse au son des violons à ton bras, lors d'une fête au village, les yeux pétillants. Une autre brune se tient dans tes bras sous un ciel étoilé, alors que vous êtes étendus sur une couverture. La dernière, une rousse, tient son enfant dans ses bras, tous deux sont en train de préparer des crêpes et s'amusent à lécher la cuillère en bois. Toutes tes femmes. Toutes disparues. Avec ton enfant. Mais tu sais quoi ? Pour la seconde fois en quelques heures, tu penses à eux… dans de beaux moments. Des moments que tu avais oubliés. Tu les vois sourire. Rire. S'émerveiller. Tu les vois te regarder avec fierté. Amour. Tu les vois te tendre la main, te caresser la joue, réclamer un câlin…

La musique t'emporte. La voix t'apaise. Et comme lorsque tu étais à la taverne, tu sens cette douce chaleur qui se diffuse dans tout ton être. Et… tu ne veux pas que ça s'arrête Seven. Pour rien au monde. Tu veux que ce moment dure pour toujours. Tu ne t'en rends pas compte, mais la jeune femme, elle, le remarque, ce léger sourire qui s'étire sur tes lèvres, ce visage, qui s'affaisse sous le poids des souvenirs, qui semble comme… en paix. Elle joue encore quelques morceaux avant de s'arrêter et tu sens un léger frôlement sur ta joue.

La villageoise fredonne tandis que les caresses partent de ton arcade sourcilière pour se prolonger sur ta joue bleuie. Quelques heures, qui te paraissent à peine quelques minutes, passent. Tu ouvres les yeux, somnolant.

— Merci…

C'est à peine un murmure qui s'échappe de tes lèvres. Elle te sourit, lâche son violon et t'attrape par le bras, te forçant à te relever. Elle finit par t'allonger laborieusement sur le canapé, avant de poser ta tête sur ses genoux. Tu es bien docile d'un coup, à croire que tu as reçu un sacré coup sur la caboche.

— Racontez-moi votre histoire. - qu'elle te demande, en ajoutant une couverture sur toi et en te caressant les cheveux.

Et… comme ce genre de geste ne t'est plus familier Seven. Comme cela fait longtemps que tu ne t'es plus reposé sur quelqu'un. Sa musique est venue percer tes ténèbres. Sa voix s'est frayé un chemin jusqu'à ton cœur. Et… Et tu es là, maintenant exposé à elle.

Tu fuis bien vite son regard.

— J'ai trahi mon roi. Envoyé mes frères d'armes à la mort. Perdu ma dernière femme et mon fils. Ai été exilé.

Les yeux dans le vide, tu repenses à ces funestes souvenirs. Tu n'as plus la moindre réaction face aux mots et aux caresses de la villageoise. Tu ne cherches même plus à te dégager. Tu te laisses doucement aller à des confidences sans… vraiment comprendre pourquoi, dans le fond.

— J'étais dominé par la peur. J'ai fait de mauvais choix. Mon village entier et mes hommes ont péri sous les coups des ennemis. Et je ne sais toujours pas pourquoi je suis encore en vie.

Elle a su délier ta langue. Et… parler, ça te libère. Au moins un peu.

— La vie ne m'aime pas… Mais la mort ne veut pas de moi non plus.

Combien de fois t'es-tu dressé face à une bande de voleurs ? Combien de fois t'es-tu jeté dans la mêlée ? Combien d'ennemis as-tu terrassés depuis que tu n'es plus que l'ombre de toi-même ? Chaque fois tu t'élances, corps et âme dans la bagarre, espérant qu'un coup te terrassera, mais… il n'en est rien. La vie se rit de toi et la mort te fuit.

Les caresses dans tes cheveux s'arrêtent soudainement.

— Vous êtes… le lieutenant Iceveins.

Il n'y a aucune question dans sa phrase. Les rumeurs sont passées avant toi, tu le sais, tu n'as pas besoin de t'étendre beaucoup plus sur ton passé pour qu'elle te reconnaisse. Tu grognes, gigotes, mal à l'aise et fuyant son regard.

— Plutôt ce qu'il en reste… — marmonnes-tu.

Et tu te redresses avant qu'elle ne te repousse, tu te redresses avant de sentir sa main s'abattre sur toi parce que tu vois, toi, ce que tu penses, c'est qu'elle va te mettre à la rue maintenant qu'elle sait quelle espèce de vieux débris elle a accueilli chez elle.

Et pourtant rien de tout ça n'arrive. La demoiselle penche la tête sur le côté, te détaille du regard et finit par te tendre la main.

— Ravie de mettre enfin un nom sur votre visage. Moi c'est Mercy.

Tu la regardes, complètement dérouté.

— Vous… m'mettez pas à la porte ?

Elle lance un bref rire et secoue la tête.

— Quelle drôle d'idée. Je serais une piètre hôtesse si je vous jetais dehors après vous avoir soigné et avoir joué pour vous, non ?

… Eh. Tu sais quoi ? Tu dois avoir une bien drôle allure mon pauvre vieux, à la fixer avec des yeux de merlan frit, la bouche entrouverte, incapable de parler. Incapable d'assimiler ses paroles. Tu clignes des yeux plusieurs fois. Ouvre la bouche. La referme sans qu'aucun mot ne sorte. Tu finis par accepter cette main tendue, la saisit et la secoue rapidement avant de retirer ta main de la sienne comme si tu craignais de te brûler.

— Bah… Je… Euh… Seven.—que tu baragouines, déconfit.

T'as l'air d'un parfait crétin, tiens. Mercy sourit et finit par te tendre un verre d'eau qu'elle te force à boire.

— Contre la gueule de bois. — qu'elle te dit lorsque tu râles. — Dormez maintenant.

Elle se relève, pose sa main sur ton bras et te force à te recoucher avant de s'asseoir près de toi et de recommencer à plonger sa main dans ta tignasse.

— Demain sera un jour nouveau, et je serai là pour vous.

Étrange scène que celle-ci. Tu ne sais pas quoi dire Seven, tout simplement parce que cela fait longtemps que tu n'as pas fait face à une telle gentillesse. Tu as du mal à comprendre le sens de ses paroles, à saisir où elle veut en venir avec ces propos énigmatiques.

Dans ton for intérieur, tu te promets de mettre les voiles au beau milieu de la nuit. Tu te dis que c'est pour lui faire plaisir que tu restes, que tu ne peux pas partir tout de suite parce que sinon, elle va commencer à te tenir la crampe et à babiller, et toi, franchement, t'es fatigué, tu décuves, et en fin de compte, t'as besoin de te poser, au moins quelques heures. Dans le fond, tu te sens bien là, devant la cheminée qu'elle vient d'allumer et t'endormant doucement sous ses caresses, mais jamais tu ne te l'avoueras. Tu sais que bientôt les cauchemars seront de retour, qu'ils te réveilleront comme à l'accoutumée, et tu en profiteras alors pour partir loin de ce village, et surtout loin de cette bonne femme. Et c'est sur cette pensée satisfaisante que tu finis par t'endormir.

***

Une enclume. Voilà à quoi ressemble ton crâne le lendemain lorsque tu te réveilles. Les yeux à moitié ouverts, tu regardes autour de toi, décontenancé de ne pas y trouver les murs sales de ta chambre. Prenant peur, ne te souvenant de rien, tu cherches à prendre la fuite. Plus habitué à dormir sur un matelas et emmitouflé, il te faut de longues minutes pour te dépêtrer de la couverture et tu finis par tomber au sol en faisant un ramdam pas possible. C'est la chute qui te remet le cerveau à l'endroit et qui, surtout, te rappelle les blessures de la veille. Ça, et la vue du violon qui traîne sur une chaise.

Penaud, tu repenses avec honte à ton comportement de cette nuit, et il ne te faut pas plus pour décider de quitter les lieux sur la pointe des pieds. Mais c'était sans compter sur la jeune femme.

— Bonjour Seven.

Tu pousses un glapissement de surprise avant de te retourner vers elle. Mercy est là, face à toi, impeccable dans son corset blanc qui enserre sa taille fine, sa jupe et son jupon verts, et ses cheveux blonds, tressés.

— Vous avez bien dormi ? demande-t-elle en se pinçant les lèvres, se retenant de rire face à ta tête ahurie.

T'es déjà prêt à lui répondre d'un ton bourru que non, que tu sais plus dormir, mais lorsque tu te rends compte de la hauteur du soleil dehors tu t'aperçois qu'en fait… Si. T'as bien dormi. Pour la première fois, depuis bien longtemps. Ton visage hagard doit en dire long, puisqu'elle se met à pouffer. Puis, sans se départir de son sourire, Mercy te case une tasse fumante d'un machin qui pue entre les mains, avant de te traîner par le bras pour t'asseoir sur une chaise, face à son jardin. La demoiselle finit par se poser à tes côtés et pendant quelques minutes, seul le silence règne autour de vous.

Et t'es complètement perdu mon pauvre. Tu comprends pas ce qu'il se passe, tu te demandes encore comment t'as fait pour passer la nuit là, comment t'as fait pour ne pas être envahi par les cauchemars, et surtout, tu te demandes ce que tu fiches encore ici, toi qui pensais pouvoir filer en douce.

— C'est magnifique vous ne trouvez pas ? - qu'elle finit par murmurer doucement, brisant ce silence religieux qui s'est installé.

Tu tournes la tête vers elle, toujours aussi décontenancé. Tu observes son visage qui t'apparaît maintenant clairement. Sa bouche fine, ses joues rosées, son nez retroussé. Et ses yeux bleus, tournés résolument vers ses massifs de fleurs.

— Hein ?

Faut t'excuser, t'es mal réveillé. T'as un mal de crâne atroce et tu piges toujours pas ce que tu fais là, planté au milieu du petit jardin à siroter de l'eau aromatisée.

— Le printemps est ma saison préférée. — continue-t-elle sans prendre garde à ton visage ahuri. — Rien ne m'enchante plus que de voir la nature s'éveiller. Voir les arbres semblant morts se parer de feuilles. Voir les bourgeons restés fermés durant tout l'hiver s'ouvrir.

Tu hausses les épaules. Franchement Seven, t'es censé répondre quoi à ça ? Sérieusement. Tu sais pas où cette conversation te mène. Toi t'aimerais juste filer et… et quoi ? Tu sais pas. C'est le vide en toi. Étrange.

Mercy finit par se tourner vers toi, te regardant malicieusement.

— Vous m'avez dit hier que la vie ne vous aimait pas. Aujourd'hui, je vais vous faire aimer la vie.

Tu plisses les yeux, pas réellement certain de savoir où elle veut en venir. Et tu sais quoi ? T'as même pas le temps d'ouvrir la bouche qu'elle est déjà rentrée chez elle. Perplexe, tu jettes un regard autour de toi, en profites pour vider ton broc puant dans les fleurs et te traînes à sa suite.

— J'vais y aller… — que tu marmonnes alors qu'elle revient vers toi, les bras chargés de chiffons.

Tu sais pas ce qu'elle a en tête, mais ça te plaît pas. Ce regard qu'elle te lance, son sourire mutin, cette pile de machins qu'elle a dans les bras. Tu sais pas pourquoi, mais tu le sens pas. Pis t'es resté trop longtemps ici. Ouais c'est ça, rentre chez toi retrouver la compagnie de tes bouteilles. Si ça c'est pas une meilleure alternative. Mh.

— Mettez ça. - qu'elle te coupe en te tendant un truc vert.

— De quoi ? - que tu rétorques, surpris par son ordre. — Non. Il n'en est pas question.

Tu recules en agitant les mains et te cognes contre le mur. Qu'est-ce qu'elle te veut encore, ça se voit pas que tu veux partir de là ? Que t'es plus un être sociable ? Que tu veux juste qu'elle te foute la paix ? Allons bon, ça doit bien se lire sur ta tronche quand même, que t'es outré et surpris par le fait qu'elle tente par tu ne sais quelle manœuvre diabolique de te faire rester chez elle.

— Mh. Oui vous avez raison… — elle s'arrête… puis sourit avant d'attraper ton bras. — Lavez-vous. Vous puez. Et après enfilez-moi ça ! — qu'elle te dit en te poussant dans la pièce où trône un baquet rempli d'eau avant de refermer la porte derrière elle.

Et tu grognes, frustré. Non, mais quel toupet ! Une femme qui te donne un ordre, vraiment !

— M'en fous je me laverai pas ! — que tu cries à travers la porte tout en croisant les bras.

— Ne m'obligez pas à venir vous frotter !

Tu t'empresses de chercher une chaise pour bloquer la poignée afin qu'elle ne puisse pas venir mettre sa menace à exécution. Mais tu ne trouves rien pour coincer ladite porte. Merde. Tu lances un regard autour de toi, totalement dépassé par la situation. Et… putain, t'aimerais réfléchir à tous ces événements qui s'enchaînent, vraiment, mais t'as mal au crâne, t'es faible et Mercy continue de piailler derrière la porte.

— Je vous préviens, à trois je rentre et, pudique ou non, je vous fous à poil dans le bouillon !

— Vous n'oseriez tout de même pas !

— Vous croyez, vraiment ? Il n'y a rien que je n'ai pas vu ne vous en faites pas, je m'en remettrai. Mais c'est très aimable à vous de vous inquiéter. — après une courte pause — Alors ce bain, ça vient ?

Tu hésites pendant un bref instant à essayer de te faufiler par la fenêtre pour t'enfuir. Mais tu as beau avoir maigri, tu n'es pas certain de pouvoir passer par là. La poignée se met soudainement à tourner et tu te figes. Elle ne va tout de même pas oser…

— Un ! D…

— Ça va, c'est bon j'ai compris !

Tu finis par abdiquer. Encore. Elle te fiche un mal de crâne carabiné en plus d'un sentiment de culpabilité profond. Elle t'a soigné et logé cette nuit. Tu peux bien lui faire plaisir une dernière fois en prenant un bain. Ouais ouais. Trouve-toi des excuses. T'as juste pas envie de te battre avec elle plus longtemps, tout simplement parce que tu veux qu'elle te laisse tranquille le plus rapidement possible.

— En plus j'aime pas le vert… — que tu grommelles avant de te dessaper et de te plonger dans l'eau contre ton gré.

Et tu grognes encore lorsque tu ressors de la pièce, enserré dans ta tunique verte, les cheveux trempés, mais propre comme un sou neuf et embaumant le couloir d'un doux parfum de lavande.

— Vous en avez mis du temps ! — s'écrit Mercy en te tendant ta paire de bottes impeccablement nettoyée.

— J'vous ai rien demandé…

Et que tu ronchonnes et que tu râles en enfilant tes chaussures au-dessus du pantalon en toile blanc qu'elle t'a offert. Dis pas merci surtout hein, Seven. Mauvais bougre.

— Le résultat en valait la peine. Rien que pour l'odeur. J'avoue apprécier les odeurs masculines, mais le purin ce n'était pas vraiment mon truc vous comprenez ? — elle continue sans se départir de son sourire, s'accommodant de ta mauvaise humeur. — Venez ! Ça va bientôt commencer !

Elle te prend la main, te traînant à sa suite sans te demander ton avis.

— De quoi ? Qu'est-ce qui va bientôt commencer ? — glapis-tu, paniqué.

***

L'Amaryllidaceae. Tu restes planté devant l'arche fleurie qui mène à la fête du printemps. T'as rien à faire là Seven. Mais t'arrives pas à te dépêtrer de Mercy. La voilà d'ailleurs qui te pousse et qui t'entraîne parmi les différents stands, te forçant à avaler des tisanes aux herbes et des gâteaux aux fleurs. T'essayes pourtant, t'essayes de fuir lorsqu'elle parle aux marchands, mais rien n'y fait. T'as à peine fait trois pas qu'elle te barre la route.

— Aaaah, mais ça suffit ! — que tu finis par pester au bout d'un moment, rageur.

T'es en nage Seven. Tu t'sens pas bien. T'as mal au crâne, t'es saisi de tremblements, t'as la nausée. Le manque d'alcool se fait sentir, t'en as marre de crapahuter, tout ce que tu veux c'est une bouteille. Pourtant, tu t'en rends compte, que tes cauchemars ne sont pas là ce jour. Tu t'en rends compte, mais tu n'en as plus l'habitude. Et tu as tellement peur qu'ils surgissent — sait-on jamais, ils sont peut-être embusqués sous le chapeau du drôle de bonhomme qui fume sa pipe — que tu t'angoisses tout seul pour tout. Mercy semble le remarquer puisqu'elle finit par poser sa main sur ton épaule, un doux sourire sur le visage.

— Faites-moi confiance. Aujourd'hui est le jour de votre renaissance.

Tu la regardes, incrédule.

— Vous… — que tu baragouines en agitant le doigt, — vous sniffez trop votre tisane.

Elle rit avant de prendre un air sérieux.

— Connaissez-vous l'histoire de cette fête ?

Tu secoues la tête. Non, et vraiment tu t'en moques. Pourtant tu sais très bien que c'est peine perdue. Quoi que tu dises, quoi que tu fasses, tu sens qu'elle va te la raconter, cette fameuse légende. Parce que tu as bien compris que Mercy n'était pas le genre de femme à se laisser abattre. Parce que tu as bien compris qu'elle faisait partie de ces demoiselles qu'un « non » ne suffit pas à arrêter, et qu'elle irait au bout de son idée.

Alors tu la suis en traînant des pieds. Elle t'emmène un peu à l'écart de la foule, sous une toile tendue où sont rassemblés une multitude d'enfants. Assis en silence, ils ont les yeux levés vers la petite estrade en bois, attendant impatiemment tu ne sais quoi.

— Qu'est-ce que…

— Shhhht ! - te coupe une fillette en tournant un visage furieux vers toi. — Ça va commencer !

Tu fronces les sourcils. V'là autre chose tiens, depuis quand tu te laisses marcher sur les pieds et dicter ta conduite par un gosse ou une bonne femme ? Bah depuis que Mercy a fait une entrée fracassante dans ton existence et qu'elle te traîne partout, à tel point que t'aurais presque l'impression que ta vie échappe à ton contrôle. Presque. Ça commence à te taper sur le système tout ça. Tu te tournes vers ladite demoiselle, prêt à la houspiller et à lui faire savoir que non, tu ne veux pas rester au milieu de ces mouflets disgracieux et malpolis, lorsque tu remarques qu'elle a disparu. Tes yeux furètent, espérant secrètement pouvoir filer sans encombre, et tu finis par l'apercevoir en train de remercier une vieille dame avant d'aller sur scène. Ta curiosité reprenant le dessus — et surtout ayant entraperçu son œil sur toi — tu retournes bien vite t'asseoir auprès des mioches.

Six femmes se tenant en retrait se lèvent alors et se rassemblent le long d'un large drap noir tendu derrière ce qui te semble être un arbre mort. Portant chacune un lampion, leurs voix se mêlent en un agréable chant sonore :

— *Nous voici rassemblés, en ce jour parfait.*
Amaryllidaceae, oublie ton passé.
Fais de ton avenir, un monde à chérir.
Troque ta tristesse, contre l'allégresse.
Accueillez maintenant, cette belle enfant.
C'est enfin le temps, des contes d'antan.

Puis, faisant un geste vers la gauche de la scène, elles invitent Mercy à monter sur l'estrade. Arpentant le plateau, la jeune femme finit par prendre la parole, balayant l'assemblée du regard :

— *On dit que la Vieillesse, la Maladie, la Guerre, la Famine, la Misère, le Froid, la Peur et la Mort régnaient sur Arda à une époque. Le monde était sombre, inhospitalier, dominé par les Ténèbres. On dit aussi que la Mort, désespérée de vivre seule et de voir tout le monde la rejeter lorsqu'elle se présentait, se mit à dépérir. Cachée dans les entrailles d'un arbre détruit par la foudre, elle laissa doucement la Terre l'avaler, tandis que les racines et les branches se refermaient sur elle.*

Un gémissement s'échappe du tronc exposé sur la scène, et tu y vois un jeune garçon, pâle et d'aspect maladif, se tourner et se retourner sous un tas de feuilles mortes. S'y enfonçant profondément, essayant de ne faire plus qu'un avec, tentant de se fondre dans l'écorce. Tes yeux se posent à nouveau sur Mercy, qui continue de conter la légende :

— *Mais un jour, la Mort vit passer une jeune fille, frêle et fragile. Malade, ayant pour seul vêtement une légère robe vert pâle, elle aimait pourtant la vie et profitait de chaque instant. Et dans ce monde de noirceur, chaque pas qu'elle faisait laissait pousser une fleur. C'est ainsi que la vie s'échappait de son maigre corps et se diffusait.*

Flottant dans un vêtement bien trop grand pour elle, une demoiselle s'avance le long de l'estrade tandis qu'un enfant sème des jonquilles dans son sillage. Le visage blanc comme la craie, des yeux de faon cernés, seules ses lèvres rouges démontrent le peu de vitalité qu'il reste en elle. Elle finit par s'arrêter devant l'arbre, où le jeune homme l'épie. La voix de Mercy se fait douce, presque un murmure alors que tu observes la scène.

— *La Mort l'observait, tapie dans l'ombre. Il n'osait se présenter à elle, de peur qu'elle fuie. La jeune fille l'aperçut et lui demanda de se joindre à elle. Elle lui tendit la main, mais la Mort ne pouvait la saisir, car la toucher la ferait périr.*

Elle sortit pourtant de son arbre, recouverte de racines, de branches et de squelettes d'animaux ayant fusionné avec elle. Loin d'avoir peur de cette apparition cauchemardesque, la demoiselle sourit et apposa sa main contre l'arbre mort. Lorsqu'elle la retira, des jonquilles parsemaient l'écorce. Et la fleur éclot, tout comme le cœur de la Mort s'ouvrit à la jeune fille.

Elle était la Vie. Il était la Mort.

Elle parcourait le monde pour répandre l'Espoir, la Naissance. Il régnait avec le Désespoir et la Fin.

Mercy fait une légère pause dans son récit tandis que tu observes les deux acteurs remplir leur rôle à la perfection. Ton attention focalisée sur eux, tu ne remarques pas ce regard que te lance la violoniste, qui ne te lâche maintenant plus des yeux.

— *Côtoyer la Mort affaiblissait la Vie, mais rien ne pouvait maintenant les séparer. La Mort avait besoin de la Vie pour exister et la Vie avait besoin de la Mort et de la Douleur pour créer. Partageant âme et force vitale, ces deux êtres que tout opposait se dissociaient pour mieux s'unir.*

C'est ainsi que la Mort donne ses pouvoirs à la Vie pour qu'elle puisse vivre et faire renaître le Printemps, amenant l'Espoir et le Renouveau. C'est ainsi que la Vie passe l'hiver à reprendre des forces dans les bras de son amant, laissant place au Froid et à la Tristesse.

Il vivait pour elle. Elle était morte pour lui.

Et… Tu sais pas pourquoi, mais t'as la désagréable impression que derrière ses mots, ses regards qu'elle te lance, elle cherche à te faire comprendre quelque chose. Tu détournes bien vite les yeux des siens et quittes rapidement l'espace alors qu'un nouveau spectacle se prépare. Une fois, mais pas deux.

Tu pousses un profond soupir, levant la tête vers le ciel qui se pare de couleurs orangées. Ouais. Cette légende te touche bien plus que tu ne veux l'admettre et surtout, elle semble trouver un écho en toi. Tu secoues la tête, essayant de mettre tes pensées en ordre, sentant à nouveau l'agacement pointer le bout de son nez, tandis que Mercy s'approche à tes côtés en silence.

— Vous attendez quoi de moi ? — que tu finis par lâcher, excédé.

— Laissez-moi vous purifier.

Puri-quoi ? Qu'est-ce qu'elle baragouine encore. Passablement irrité, tu finis par croiser les bras.

— Si je vous laisse faire votre machin là… Vous me laissez après ?

Pourquoi tu demandes ça Seven, hein ? Dans le fond, y'a rien qui t'empêche de rester avec elle, sauf tes mauvaises habitudes de soûlard et de solitaire. Mercy acquiesce avec un sourire, les yeux brillants.

— Bon d'accord… Mais plus de tisane puante ! — que tu

objectes alors qu'elle t'entraîne déjà sans t'écouter au milieu des autres.

Le soleil se couche. Le ciel s'assombrit. Tous se mettent à chanter et danser tandis que les feux de joie s'allument. Tu observes les flammes et les gens en silence pendant un long moment jusqu'à ce que Mercy vienne te coller quelque chose sur le sommet du crâne.

— Qu'est-ce que…

Tu vois ses yeux malicieux, et surtout, la couronne de fleurs dans ses cheveux.

— Vous n'avez quand même pas osé…

Peine perdue mon vieux, elle ne t'écoute même pas. La voilà maintenant qui t'amène devant un long chemin de braises à peine éteintes.

— Enlevez vos bottes.

Tu la regardes, éberlué.

— Non.

Elle place ses mains sur ses hanches, ôte ses chaussures et traverse rapidement l'allée sans moufter.

— Si vous ne le faites pas, je ne joue plus de violon pour vous ! — qu'elle te crie de l'autre côté.

Et… t'enrages mon vieux, parce que tu vois, t'as pas envie de passer pour un faible, et tu commences à en avoir marre de ce cirque. Alors tu ôtes tes pompes, tu souffles un coup et tu finis par avancer sur son foutu chemin, les yeux fixés sur elle, débordant d'une énergie nouvelle. Et tu la sens, la morsure du feu, pourtant, loin de te plier de douleur, tu restes droit et marches, le cœur rempli de détermination. Et tu le vois, le sourire de Mercy qui s'agrandit. Tu ne le comprends pas, tout comme tu ne remarques pas encore ce nouveau souffle de vie qui s'empare de tout ton être alors que tu reposes le pied dans l'herbe fraîche.

— C'est bientôt fini ? — que tu grognes tout prêt d'elle, complètement chamboulé par ce que tu commences à ressentir après la douleur qui retombe.

— Bientôt… — qu'elle murmure, énigmatique en te tendant une main, que tu saisis cette fois-ci sans hésitation.

Elle te mène face à un arbre mort, chassant les lapins courant autour. Et tu observes, perplexe, les trucs qui pendouillent aux branches.

— Ce sont les œufs d'Espérance. — Mercy murmure doucement avant d'en déposer un au creux de tes mains. — Il suffit d'écrire un vœu sur un morceau de papier que vous roulez pour faire entrer dans l'œuf, par ce trou. Ensuite vous le bouchez grâce à une jonquille. Après, il ne reste plus qu'à l'accrocher. Si votre œuf ne se casse pas jusqu'à l'an prochain, alors il sera exaucé.

Elle te sourit et te laisse seul avec tes pensées, seul face à ce petit bout de papier. Avec ce petit quelque chose au fond de ton cœur, qui te remue et qui te dérange autant qu'il t'apaise.

Il te faut de longues minutes avant de trouver de quoi noircir ton papier. Et tu es le premier étonné de ces mots que tu traces d'une main tremblante et maladroite. Lorsque Mercy revient, c'est pour te retrouver le nez levé vers l'œuf blanchâtre que tu viens d'accrocher, le cœur rempli d'un truc bien trop gros pour toi.

— Tous ces vœux… — que tu murmures, tandis qu'elle accroche son œuf, jaune, à côté du tien.

T'as la gorge serrée par l'émotion, prêt à prendre tes jambes à ton cou pour te ruer sur la première bouteille qui passe. Pour une fois ce ne sont pas les cauchemars qui te font peur non, c'est tout simplement la vie, celle qui semble pouvoir s'offrir à toi, celle où tu ne vois aucun avenir.

Pour tenter de calmer ton angoisse naissante et t'amener à penser à autre chose, Mercy te guide au milieu des autres. Et, sans te demander ton avis — encore une fois — elle finit par te faire danser. Qu'on se le dise, le résultat est catastrophique. Tu marches sur ses pieds, tu te cognes aux autres villageois. Il y a bien un moment où tu essayes de fuir la foule, mais c'est sans compter sur la redoutable demoiselle qui te ramène au milieu des autres. Avec un grand rire, la violoniste te lance entre deux hommes le temps d'une ronde. Et… Dieu sait que t'es pas à ton aise Seven hein. Parce que tu ne réussis pas à retenir les pas que l'on te montre — et que tu ne veux pas apprendre de toute manière — et ce faisant tu fais tomber tout le monde. Et pourtant, pendant ces longues minutes de supplice, tu as peut-être laissé échapper un ou deux sourires entre deux jurons bien fleuris.

Lorsqu'elle te permet enfin de t'asseoir, elle te tend un verre de liqueur de jonquille, que tu refuses poliment.

— Joue s'il te plaît… - que tu lui demandes à bout de souffle et avec une voix rauque, marquée par l'émoi.

Mercy prend son violon, dépose un baiser sur ton front et commence alors à chanter avec douceur, te souriant :

— Elle est pour toi cette chanson.
Toi homme brave au cœur de lion.
Que la vie a brutalisé.
Et qui t'a jeté à mes pieds.
Toi qui as été purifié.
Vois maintenant à mes côtés.
Que le monde a encore besoin.
Que tu avances sur son chemin.
Ce n'est rien qu'un mauvais moment.
Mais je serai à tes côtés.
Pour enfin que de ton passé.
Tu ne subisses plus les tourments.
Toi, homme qui est face à moi.
Lève la tête regarde-moi.
Laisse l'espoir te guider.
Et réapprends juste à aimer.

Un an plus tard.

Les festivités vont bon train cette année encore. Les feux de joie s'élèvent déjà haut dans le ciel étoilé tandis que les couples dansent et forment une ronde autour, chantant, riant et buvant. La fête du Printemps rassemble tout le village dans la large clairière pour célébrer le renouveau, l'esprit est à l'allégresse.

Pourtant, si l'on s'approche, on peut remarquer un homme et une femme qui se tiennent légèrement à l'écart. Après avoir tous deux dansé, ils s'approchent doucement d'un arbre mort, à l'écart de la foule. L'arbre, blanc, est paré d'une multitude de couleurs. De loin, on pourrait penser que des fleurs poussent malgré tout. Mais sur ses branches pendent tout simplement des œufs. Gros. Petits. Ronds, ovales ou biscornus, les Œufs d'Espérance reflètent ce qui anime leurs propriétaires lorsqu'ils viennent confier leur vœu…

Et dans ce flot de couleurs se trouvent deux œufs. L'un, jaune solaire, trône aux côtés d'un blanc, immaculé. C'est vers cet œuf que l'homme s'avance, les yeux brillants d'émotions. Si un individu de passage l'avait rencontré l'an passé, il ne le reconnaîtrait pas. Le visage propre, la chevelure brune lui descendant au niveau des épaules, une barbe bien taillée mangeant ses joues, il ne ressemblait plus à cet être hagard, sale et pitoyable qui hantait les tavernes. Au contraire, il avait repris du poids, du muscle même. Ses mains ne tremblaient plus. Et il avait dans son regard, une lueur qui avait longtemps disparu. Un feu ardent y brûlait. Il avait envie de vivre, tout simplement.

— Je ne te remercierai jamais assez d'avoir eu foi en moi, finit par murmurer Seven avant de se tourner vers Mercy, dont les lèvres s'étirent en un sourire

— Je t'accorde que beaucoup auraient sans doute lâché l'affaire. Tu es un homme pénible Iceveins.

Pourtant, elle lui prend la main, y déposant un nouvel Œuf,

l'invitant à formuler un nouveau vœu.

— Reste avec moi maintenant, souffle-t-elle doucement.

L'homme baisse les yeux vers elle, croisant son regard. Sa main finit par se refermer sur la sienne.

— Je n'ai nulle part d'autre où aller, dit-il simplement.

Les cauchemars avaient disparu. L'avenir ne lui faisait plus peur.

À propos d'Astrid

Astrid, c'est une fille rêveuse, souvent perdue dans la contemplation de la nature, à écouter la bande originale des films ou des musiques épiques afin de vivre pleinement les nouveaux scénarios qui popent sans relâche dans son esprit.

Elle se balade toujours avec un carnet et une tonne de stylos de couleurs pour pouvoir noter ses idées ou griffonner le croquis d'un personnage qui lui est passé par la tête.

Plongée dans le monde merveilleux de Tolkien grâce à son père, et baignée dès l'enfance dans les plaisirs de la lecture avec sa mère, elle dévore les livres comme du chocolat, avec une préférence pour la fantasy, le fantastique et la science-fiction.

Accro à l'écriture depuis qu'elle a découvert le monde du roleplay, elle aime expérimenter différents styles afin de coller au mieux au personnage principal de son histoire.

Vous pouvez la retrouver sur son compte Instagram : az_eivinnd

Maudit lapin !

Marine Conan

— Oups, désolée ! m'écrié-je.

Je lève les yeux vers l'immense masse humaine qui se tient devant moi : mon nouveau voisin. Grand brun, barbe fournie, tatouages sur les bras et des yeux sombres qui semblent vouloir tuer sur place.

Il a emménagé il y a quelques mois dans l'immeuble où j'habite. Mais je ne l'ai pas beaucoup croisé depuis. Nous n'avons pas les mêmes horaires apparemment. En même temps, je ne suis sans doute pas la locataire la plus sociable. Je ne connais pas mes voisins. Il n'y a que Madame Bordes, la petite vieille du 4e avec qui j'échange quelques mots de temps en temps !

Je déglutis et fourre mes mains derrière mon dos.

— Il n'y a pas de mal…

Sa voix rauque colle à merveille à sa dégaine de rugbyman ! Je l'imagine sans difficulté sur un terrain en train de se rouler dans la boue. Je chasse de mon esprit la vision soudaine de lui qui traverse mes pensées. Surtout que pour je ne sais quelles raisons obscures, il est presque nu dans l'image qui me vient en tête !

Il disparaît dans les escaliers et je me retrouve devant ma porte, clés à la main. Je mets quelques secondes avant de trouver celle qui me permet de regagner mon intérieur. Il est confortable et simple. Des murs blancs, quelques photos accrochées, des plantes vertes qui survivent difficilement et des meubles en bois clair. C'est chaleureux, me dit-on souvent lorsqu'on y vient pour la première fois.

Je suis bien contente d'être à la maison ! Encore une journée bien chargée à la boutique. Il faut dire que la période l'exige : Pâques arrive à grands pas et les envies de chocolat avec.

Je bosse comme vendeuse dans une chocolaterie dans le centre-ville de Brive-la-Gaillarde. J'adore mon boulot et pas seulement parce que je peux grignoter des sucreries autant que je veux ! Non, ce que j'aime surtout, c'est le contact avec les clients. Quand on vient acheter des douceurs ou siroter un des cafés de la maison, on est de bonne humeur. Les gens adorent échanger avec moi ou avec Odette, la patronne et propriétaire de la boutique. Ils nous racontent leur journée, nous confient même parfois leurs petits secrets tandis que nous préparons pour eux de jolis ballotins remplis de gourmandises.

J'enlève ma veste en jean et mes baskets avant de me poser sur le canapé avec un soupir d'aise. Bien contente de retrouver la chaleur de mon appartement, j'attrape mon téléphone et réponds à quelques messages que j'avais laissés de côté. Ma mère évidemment, elle m'écrit des dizaines de textos par jour. Une amie qui m'informe de son prochain mariage et une ancienne collègue qui me raconte les derniers potins de sa petite vie.

Le printemps s'est installé à Brive, mais la douceur n'est pas encore au rendez-vous ! Les journées sont encore bien trop fraîches à mon goût. Vivement l'été, même si j'adore cette saison où la nature reprend vie et les bourgeons éclosent ! Je suis une amoureuse des fleurs. D'ailleurs, je porte bien mon prénom : Lila! Choisi par ma mère, car elle adore cet arbre odorant.

J'allume la télé, bien décidée à passer une soirée tranquille. Il n'y a rien de mieux que de se blottir sous un plaid dans le canapé après une grosse journée. Cela me permet de me détendre et de reposer mon corps après des heures passées debout !

Un bruit derrière la porte d'entrée me tire du presque sommeil dans lequel j'étais tombée en regardant cette stupide émission de télé-réalité. Je ne sais même pas pourquoi je regarde ça. Ce n'est pas du tout mon genre pourtant. Mais souvent je me laisse distraire. Puis au moins, je n'ai pas besoin de réfléchir à une intrigue trop complexe comme certaines séries que j'adore. C'est idéal après une journée épuisante.

Mes pensées reviennent à ce bruit qui m'a titillé les oreilles. J'ai l'impression que ça gratte, comme si quelqu'un voulait entrer. Un bruit très léger, presque imperceptible, mais j'ai l'oreille fine.

Je me lève, le cœur battant malgré moi. Et si c'était un cambrioleur ? Non, le bruit serait peut-être plus fort. Quoique… J'attrape quand même le vase vide qui traîne sur la table et m'approche de la porte à petits pas.

Lorsque je l'ouvre, personne. Je regarde à gauche puis à droite. Rien. C'est alors que de nouveau ça grattouille sur le paillasson. Je baisse les yeux : un lapin se tient là, le pelage noir et une tache blanche sur l'œil. Ses petites oreilles frémissent ainsi que son nez rose.

— Oh, mais qu'est-ce que tu fais là ? m'exclamé-je en reposant le vase sur le guéridon et en me baissant.

Il a un mouvement de recul, mais finit par s'approcher de la main que je lui tends.

— Tu es mignon comme tout !

Je passe mes doigts dans son pelage, il est tellement doux. Il frétille du museau tandis que je le caresse.

— Qu'est-ce que tu fais là tout seul hein ? lui demandé-je. Tu es perdu ?

Il lève sa petite tête vers moi. Ses yeux semblent me fixer quelques instants avant qu'il ne détale soudainement. Il réussit à descendre d'un étage sous mon regard stupéfait.

Qu'est-ce que ce lapin fabrique dans le coin ? Se serait-il échappé d'un appartement plus bas ? Peut-être que j'aurais dû le prendre chez moi, juste le temps d'enquêter.

J'hésite un instant à descendre à sa poursuite, mais je décide finalement de tourner les talons et de regagner mon appartement. J'ai d'autres chats à fouetter ! Comme une série à mater, emmitouflée dans mon plaid. Après avoir fermé à clé, je regagne mon canapé et me réinstalle, bien décidée à profiter de ma soirée ! Surtout que j'assure l'ouverture du magasin demain ! Autant être en forme !

— Lila, il faut absolument que je te montre un truc !

La voix aiguë de Valentine, ma meilleure amie, résonne dans l'arrière-salle de la boutique. Comme chaque samedi midi, elle est venue manger avec moi. Elle est professeure de mathématiques dans le lycée à quelques rues d'ici et elle profite de terminer les cours à 11 h 30 ce jour-là pour passer du temps avec moi.

Il faut dire que depuis qu'on bosse toutes les deux, c'est plus dur de se voir. Surtout qu'elle est en couple depuis quelques années et que son copain a du mal à la lâcher ! Finies les soirées pyjama tous les week-ends comme lorsque nous étions au lycée ! Finies les vacances entre copines au bord de la plage à lézarder et à bouquiner ! Parfois tout ça me manque. Heureusement que nous nous envoyons mille messages et que nous nous voyons au moins une fois par semaine ! De toute façon, quoi qu'il arrive, notre amitié perdurera. Je n'ai aucun doute à ce sujet. Nous sommes bien trop fusionnelles pour un jour y mettre fin.

À peine sa veste enlevée, elle brandit son téléphone devant moi. Un sourire amusé éclaire mon visage : Valentine est la joie de vivre incarnée. Toujours souriante, pimpante et désireuse d'embrasser la vie. J'adore son enthousiasme. Et surtout sa façon d'être aussi naturelle et spontanée ! Sociable aussi. Je suis beaucoup plus timide et renfermée. Pourtant malgré nos différences évidentes, nous sommes inséparables ! Je la connais depuis l'école primaire. Bien sûr, il y a eu quelques disputes de temps en temps, mais cela ne dure jamais plus de quelques jours !

Je lève les yeux vers l'écran de son mobile et fronce les sourcils en apercevant une photo de mon voisin. Il est torse nu, planche de surf sous le bras, l'océan en arrière-plan. Pas mal, il faut l'avouer. Le nier serait un mensonge évident.

— Qu'est-ce que tu fous avec cette photo ? la questionné-je, étonnée.

Valentine a croisé le jeune homme lorsqu'il a emménagé dans l'immeuble. Depuis, elle ne cesse de me demander si je ne veux pas tenter ma chance avec lui. Elle passe son temps à me parler de lui ! Mais vu les quelques mots qu'il réussit à décrocher quand je le croise, ce n'est pas près d'arriver… Il a l'air aussi aimable qu'une porte de prison ! Et prétentieux en plus de ça.

— J'ai réussi à choper son nom sur la boîte aux lettres, m'annonce-t-elle fièrement en posant son téléphone sur la table. Et il est sur Facebook, Twitter, LinkedIn… Instagram aussi, évidemment. Il a plus de deux mille abonnés ! Tu peux l'ajouter, il ne le verra même pas.

— Jamais de la vie ! protesté-je, horrifiée à l'idée qu'il me prenne pour une stalkeuse s'il se rend compte que je suis son Insta. Arrête avec ça ! Mange plutôt tes sushis !

Je lui tends son plateau et elle hausse les épaules avec une moue taquine.

— J'ai envie de te voir heureuse avec un mec ! s'exclame-t-elle. Ou au moins, que tu t'envoies un peu en l'air. Ta vie est trop monotone. Tu as 24 ans, pas 45 !

— Je suis bien comme ça, Titine, marmonné-je en croisant les bras sur ma poitrine. Ça viendra quand ça viendra, c'est tout !

Je lui adresse un petit sourire pour lui montrer que la discussion est close. Elle a tendance à vouloir absolument me voir en couple comme si j'allais être plus heureuse avec un mec. Mais je ne me sens pas seule. Ma vie me plaît telle qu'elle est. Si je rencontre quelqu'un avec qui ça le fait, pourquoi pas ? Mais je ne suis pas en recherche. Au contraire. Peut-être que je me suis un peu trop habituée à cette vie solitaire, entre le travail, quelques sorties entre amis et mes moments à moi. J'ai du mal à m'ouvrir, je le sais bien. Valentine veut m'aider à sa façon. D'ailleurs, elle glisse sa main sur la mienne et entrelace ses doigts aux miens.

— Tu mérites un beau mec canon et intelligent ! souffle-t-elle.

— Peut-être que ça viendra ! Mais pour l'instant, le seul truc dont j'ai envie, c'est de ces délicieux sushis !

Ma meilleure amie pouffe et secoue la tête tandis que j'attaque mon plateau avec gourmandise !

— Tu ne veux pas ramener quelques douceurs pour ce soir ? me demande Odette. Je suis sûre que tu n'as même pas pris la peine de faire les courses.

Je lui adresse un regard amusé en haussant les épaules. Elle me connaît bien ! J'ai tendance à me contenter de chips ou autres conneries le soir plutôt que de cuisiner. Je déteste manger seule. Et cuisiner encore plus ! Alors c'est vrai que je ne suis pas un modèle de ce côté-là ! Elle, elle fait le marché tous les dimanches pour acheter de bons légumes et fruits. Et évidemment, elle adore mitonner de bons petits plats !

— Je vais peut-être prendre quelques trucs, accepté-je en lui souriant.

Odette est si douce. J'ai de la chance d'avoir une boss comme elle. Elle prend soin de moi à sa manière. C'est un peu comme une deuxième mère. D'ailleurs, la voilà qui enfourne une dizaine de chocolats dans un sachet avant de me le tendre. Évidemment, elle n'y a mis que mes préférés. Je suis difficile quand il s'agit de chocolat. Je n'aime que le lait et sans fioriture.

— Comme ça, je sais que tu ne mourras pas de faim ! Passe un bon week-end ma petite.

Je lui adresse un signe de la main et quitte la boutique. Ça y est, la fin de la semaine est arrivée. Je n'ai pas grand-chose de prévu. C'est samedi soir : dehors, les jeunes sont déjà attablés en terrasse. Et moi, je vais rentrer, seule. Étrangement, j'ai le cœur un peu lourd. Cela ne m'arrive pas souvent. Peut-être une réaction aux paroles de ma meilleure amie. C'est vrai qu'elle n'a pas tort. Peut-être que je devrais rencontrer quelqu'un. M'amuser un peu plus.

Après tout, je suis jeune. J'ai quelques amis dans le coin. Ils ne m'invitent plus, car j'ai tendance à refuser les soirées, mais je pourrais peut-être tenter de me joindre à eux un de ces quatre. Quelle est la dernière fois où j'ai fait quelque chose de sympa ? Je n'en ai même plus le souvenir. J'ai une vie si bien rangée que j'en oublie de profiter. Valentine a raison, j'ai 24 ans ! J'ai la vie devant moi : peut-être qu'il serait temps que je m'amuse un peu !

Lorsque je regagne mon immeuble, la nuit est déjà tombée. Et finalement, je suis bien contente d'être à la maison et non dans un bar : je rêve d'un bain chaud et d'une soirée à bouquiner ! À défaut de vivre des histoires d'amour, j'en lis ! Je les dévore même. J'adore ça.

Je grimpe les escaliers et manque de pousser un petit cri de surprise en arrivant sur mon palier. Le lapin est de retour. Quelques petites crottes prouvent qu'il doit déjà être sur mon paillasson depuis un petit moment !

— Bah alors ? Te voilà de retour ? m'exclamé-je en arrivant près de lui.

J'attrape le lapin entre mes mains et le serre doucement contre moi en caressant son pelage soyeux. Je peux sentir son cœur battre à tout rompre dans sa poitrine.

— N'aie pas peur ! Je ne te ferai pas de mal, lui chuchoté-je à l'oreille. Tu es si mignon.

Je réussis à sortir mes clés et à ouvrir ma porte avant de pénétrer à l'intérieur. Une fois rentrée, je dépose le petit animal dans le salon. Après tout, je ne vais pas le laisser errer dans les escaliers. Il fait frais et j'ai peur que quelqu'un s'en prenne à lui. De toute façon, s'il appartient à un habitant de l'immeuble, il frappera à toutes les portes pour retrouver son adorable lapinou.

— Bon… Qu'est-ce que ça mange un lapin ? me questionné-je à voix haute. Des carottes, mais sinon…

Je lance un coup d'œil vers mon sac et me tourne vers lui.

— Tu n'aimes sans doute pas le chocolat !

Mon téléphone entre les mains, je m'empresse d'aller poser la question à Google. Des graines, m'apprend-il. Sauf que je n'en ai pas. Et je n'ai pas d'animalerie à côté pour aller en acheter. Des carottes. Des légumes. Bingo, de la salade ! J'en ai.

— Voilà, tu auras au moins de quoi manger ce soir !

Je me dirige dans la cuisine. À mon grand étonnement, il me suit, sautillant derrière moi et semant quelques petites crottes au passage. Je suis bonne à faire le ménage à fond ! Mais il est si mignon que je peux bien lui pardonner ça.

Après avoir préparé un petit bol de laitue et d'endives que j'ai retrouvées par miracle dans mon bac, je lui dépose un petit ramequin rempli d'eau.

— Je pense que tu as tout ce qu'il te faut mon joli, lui soufflé-je en caressant son pelage. Mange bien, d'accord.

Il s'approche des gamelles, renifle un peu avant de se jeter sur la laitue. Ouf. Il a l'air de trouver son bonheur ! Tant mieux ! Moi aussi, je ferais bien de penser à me nourrir. Je meurs de faim malgré les sushis de ce midi. Un paquet de chips entre les mains, je quitte la cuisine pour regagner le salon. Un verre d'eau, les chocolats en dessert, j'ai de quoi faire pour une bonne soirée !

Quand le lapin me rejoint, je suis allongée sur le canapé, le plaid sur les genoux.

— Tu veux venir ? lui proposé-je.

Il lève la tête vers moi, ses grandes oreilles s'affolent. Je l'attrape et le pose sur mes genoux avec un petit sourire. Je risque de m'habituer à sa compagnie ! Je commençais justement à regarder les refuges dans le coin pour aller adopter un chat. Mais un lapin c'est bien aussi, non ?

Lorsque je me réveille, j'ai chaud. Bien trop chaud. Je tente de bouger, mais un bras m'écrase à moitié la poitrine. Un bras ? Mais… comment un bras a-t-il pu atterrir dans mon canapé ? Un corps d'ailleurs. J'ouvre plus grand les yeux. La lumière que laisse passer le volet entrouvert me permet de distinguer une barbe et une chevelure brune fournie. Un homme dort avec moi. Qu'est-ce qu'il s'est passé ? Je me suis endormie hier, seule, et voilà que je me réveille en compagnie d'un inconnu ! Je n'ai pas bu une goutte d'alcool depuis bien trop longtemps pour imaginer que j'ai pu inviter un inconnu dans mon canapé ! Et le lapin ? Qu'est-il devenu ? C'est vrai que je me suis endormie avec lui sur les genoux !

— Hey ! m'écrié-je en tentant de me dégager du corps imposant qui m'écrase à moitié.

Mais peine perdue ! Cet individu a bien trop de force.

— Bougez-vous ! Qui êtes-vous ?

Je commence à paniquer. Après tout, qui me dit que ce mec ne me veut pas de mal ?

Il grogne. J'ai troqué un lapin contre un ours ou quoi ?

Je le secoue une nouvelle fois. Un nouveau râle de sa part. Mais il bouge enfin et redresse sa tête, me laissant apercevoir son visage ! C'est mon voisin. Celui-là même que Valentine espérait me voir draguer ! Et il est dans mon canapé !

— Qu'est-ce que…, bredouillé-je.

Sauf que lorsqu'il ouvre les yeux et me fixe, incrédule, je me tais. Il a l'air aussi surpris que moi. Peut-être même plus !

— Euh, souffle-t-il. Il se passe quoi ?

— J'allais vous poser la même question… Vous êtes dans mon canapé ! Comment avez-vous pu entrer chez moi ?

Il se relève. Merde, il est nu ! Tout nu ! Je ferme les yeux et les rouvre quelques secondes après. Ça a suffi pour qu'il attrape le plaid et s'enroule dedans. Un sourire amusé étire ses lèvres.

— T'as jamais vu un mec à poil ou quoi ?

Il est passé au tutoiement comme si de rien n'était. Je fronce les sourcils et hausse les épaules.

— C'est pas la question ! répliqué-je. Qu'est-ce que vous… tu fais là ?

Un soupir lui échappe. Il s'assoit à côté de moi et me fixe de nouveau.

— C'est une longue histoire…

Je pose mon regard sur lui et croise les bras sur ma poitrine. Curieuse de savoir ce qu'il va me dire, je ne dis rien. Il a l'air un peu perdu. C'est drôle de voir ce mec imposant perdre ses moyens devant moi.

— Au fait, comment tu t'appelles ? demandé-je.

Après tout, il est dans mon canapé, dans mon appartement. Il serait peut-être temps que j'en apprenne davantage sur lui. Quand Valentine m'a présenté sa photo, je n'ai même pas pensé à regarder son nom. Ni même savoir s'il y avait son nom sur la boîte aux lettres.

— Adam et toi ?

—Lila.

Adam… Ça lui va plutôt bien. Son regard accroche le mien : ses yeux sont plus clairs qu'il ne me semblait. Des éclats dorés se perdent dans le noir de ses prunelles. Il est séduisant, Valentine a raison. Mais je dois déjà savoir comment il a pu entrer chez moi.

— Alors ? Ton histoire ?

— Tu veux pas me faire un café avant que je me lance ? quémande-t-il en souriant.

Quand il sourit, ses yeux pétillent. Il a presque l'air d'un ado auquel on ne peut rien refuser. Je suis sûre que c'était le chouchou de ses dames au lycée !

Je lève les yeux au ciel et acquiesce avant de me lever.

Heureusement que je me suis endormie habillée : je porte encore mon slim noir et mon sweat de la veille.

— Va pour un café ! J'en ai bien besoin d'un aussi…

Je me rends dans la minuscule cuisine attenante à mon salon et m'affaire à nous préparer un plateau petit-déjeuner digne de ce nom : du jus de fruits, deux cafés et des petits chocolats avec des pains au lait. J'ai besoin de ma dose de calories le matin pour démarrer. Sinon, je suis un zombie ! En m'occupant de mes préparatifs, je ne quitte pas mon voisin du regard. Juste au cas où il sortirait un couteau de je ne sais où… Remarque, il est encore tout nu sous mon plaid !

Mes joues doivent rougir rien qu'à me rappeler ses abdos

finement travaillés et son bas-ventre musclé. Et pour ne rien gâcher, il est plutôt bien équipé ! Je déglutis et chasse ces pensées de mon esprit. Merde, qu'est-ce qu'il me prend ? Valentine a une mauvaise influence sur moi !

— Et voilà. Le petit-déjeuner est servi ! m'exclamé-je en déposant le plateau sur la table basse.

Il jauge le contenu et hoche la tête.

— Fais gaffe… Je risque de m'aventurer ici plus souvent avec ce genre de réveil ! plaisante-t-il. C'est meilleur que la laitue…

Je fronce les sourcils. La laitue ? De quoi parle-t-il ? Mon regard dévie vers la cuisine et la petite gamelle préparée pour le lapin.

— Je… Tu…, bredouillé-je.

— Ouais… Hier soir, j'étais cet adorable lapin que tu caressais et dorlotais contre ta poitrine, m'avoue-t-il. Et aujourd'hui, ce mec séduisant à poil dans ton canapé.

— C'est pas possible, marmonné-je. Je… Tu ne peux pas être un lapin.

Il lâche un rire grave et hausse les épaules avant d'attraper un chocolat qu'il croque avec gourmandise. Quant à moi, je suis bien incapable de bouger : ses paroles résonnent encore dans mon cerveau cartésien. Mon voisin serait un lapin ? Mais dans quel monde vit-il ? Pas dans le mien en tout cas !

— Je suis maudit, se contente-t-il d'ajouter devant ma moue incrédule.

— Maudit…, répété-je.

— Ouais, une connerie de mauvais sort à la con, grogne-t-il en buvant une gorgée de café. J'ai fait le connard avec la mauvaise nana. Et depuis, chaque nuit, au coucher du soleil, je deviens un lapin…

Il secoue la tête et repose sa tasse sur la table dans un mouvement brusque.

— Un lapin, pour le chaud lapin tu vois le genre…, poursuit-il. J'étais ce mec. Une meuf différente chaque soir ou presque. Maintenant c'est un peu plus compliqué.

Il grimace tandis que je me pince la peau de la main. Je dois rêver, ce n'est pas possible autrement. Une malédiction ? Un mauvais sort ? Il s'est cru dans Harry Potter ou quoi ?

— Tu vois bien qu'il n'y a plus de lapin chez toi, souffle-t-il. Et à la place, je suis là !

Il se désigne du doigt, le plaid dévoilant son ventre. Je dérive malgré moi avant de le regarder de nouveau dans les yeux.

— C'est impossible, décrété-je.

— Je t'aurais dit ça il y a cinq mois aussi, proteste-t-il. Et pourtant… Je te dis la vérité. Comment expliques-tu ma présence ici sinon ? Tu as fermé à clé. Vérifie si tu veux.

Il se lève et s'enroule de nouveau dans le plaid avant de se diriger vers ma porte.

— Je te le prouverai, tu verras !

Et sans demander son reste, il quitte mon appartement, me laissant éberluée. Évidemment, pour sortir, il fait tourner la clé dans la serrure, confirmant ses dires. Mais qu'est-ce qu'il s'est passé ? Se peut-il qu'il dise vrai ? Non, bien sûr que non ! Lila, redescends sur terre ! Ce mec se fout de toi ! Et si Valentine avait fourré son nez là-dedans et était à l'origine de la présence de mon voisin dans mon appartement ? Après tout, c'est la seule qui a le double de mes clés avec ma mère. Je ne vois pas ma douce maman, sage et prude, organiser mon réveil dans les bras d'un bel inconnu tout nu !

Bon… En attendant, il faut que je me bouge. Mes parents m'attendent justement pour notre repas dominical habituel. Je suis en charge du dessert ! Mais je crois que je suis tellement perturbée par cette histoire que je vais me contenter de leur ramener une tarte de la boulangerie en bas de chez moi !

Toc-toc-toc.

Des coups résonnent à ma porte. Je regarde l'heure, presque 18 h. Qui peut bien venir à cette heure-là ? Je n'attends personne ! J'ai passé la matinée à faire le ménage après le départ de mon voisin et ensuite, j'ai été manger chez mes parents puis passer l'après-midi avec une de mes copines de collège, Lou. Cela faisait des mois que je n'avais pas été la voir. Pourtant, on s'adore ! J'ai eu envie de faire un saut chez elle parce que, contrairement à moi, Lou est une fille tout sauf cartésienne. Elle pratique le tirage de cartes et manie les arts divinatoires à merveille.

Bien entendu, je ne lui ai pas raconté ma petite aventure du matin, mais l'air de rien, j'ai évoqué le sujet des « sorcières » et elle est persuadée qu'on peut tout à fait lancer de mauvais sorts.

— J'arrive ! m'écrié-je lorsque de nouveaux coups se font entendre.

J'ouvre la porte : mon voisin, Adam, est devant moi. Mains dans les poches de son jean délavé, sweat gris, cheveux attachés, il sourit devant ma mine surprise.

— Qu'est-ce que tu veux ?

— Je t'avais dit que je te prouverais que mon histoire de malédiction n'est pas du flan. Donc me voilà !

Je soupire.

— Qui te dit que j'ai pas un truc de prévu ce soir ? répliqué-je. T'es un peu gonflé de te pointer comme ça.

Je croise les bras et fronce les sourcils.

— De toute façon, je m'en fous de ta malédiction.

Bon, c'est faux. Je meurs de curiosité. J'ai eu beau fouiller chez moi : plus de lapin. Disparu comme par enchantement. Mais je n'ai pas envie qu'il pense que j'ai été fixée sur cette histoire toute la journée.

— Tu ne fais jamais rien, se moque-t-il en me poussant doucement. Depuis que je suis arrivé, tu n'es jamais sortie de chez toi sauf pour travailler.

— Tu m'espionnes ou quoi ?

Il éclate de rire et hausse les épaules. Sans préambule, il se glisse à l'intérieur de l'appartement et referme derrière lui sans que je n'aie le temps de dire quoi que ce soit.

— Je plaide coupable. En même temps, je n'ai pas grand-chose d'autre à faire avec cette connerie de malédiction. Bon on mange quoi ? J'ai encore deux heures avant de redevenir un adorable lapin.

Dire qu'il y a encore quelques heures, je ne connaissais Adam que parce qu'on se croisait sur le palier de temps en temps. Et le voilà chez moi, installé sur le canapé, en train de manger des sushis ! J'ai du mal à le croire.

— C'est bientôt le moment, me dit-il.

Je lève les yeux au ciel.

— C'est la pire technique de drague qui existe au monde, me contenté-je de lâcher d'une voix moqueuse.

— Si je te draguais, tu le saurais ! En plus, t'es pas mon genre. Trop cérébrale pour moi. J'ai tendance à préférer les filles plus…

Il me jauge d'un regard amusé et souffle en reposant ses baguettes. Il mime une silhouette pulpeuse et esquisse un sourire entendu.

— Tu vois le genre…

— Si ta sorcière existe, elle aurait mieux fait de t'expédier dans une contrée lointaine ! grommelé-je.

— T'es pas gentille, Lila ! Être un lapin chaque nuit, c'est déjà assez dur !

Il jette un coup d'œil à l'horloge et soupire.

— Encore quelques minutes…

— Et pourquoi, si tu sais que tu te transformes, tu te retrouves à errer dans cet immeuble la nuit ?

Il hausse les épaules, l'air boudeur. Il avale un sushi et un autre encore avant de repousser son plateau.

— Parce que parfois j'oublie l'heure, me répond-il d'une voix lasse. Je passe un bon moment et cette foutue malédiction me paraît loin… Sauf qu'à un moment la réalité me rattrape, je sens que ça arrive. Je frétille du nez, un léger duvet commence à envahir ma peau.

Il fronce les sourcils en jetant un coup d'œil à sa main. Ses yeux se plissent, clignent. Il a l'air nerveux.

— Alors je speede pour rentrer, mais c'est trop tard. Heureusement que personne n'a encore rien vu. Je me demande d'ailleurs comment j'ai réussi à échapper aux regards curieux !

Étonnée, je l'observe. C'est vrai que son nez bouge : on dirait Samantha, la jolie sorcière blonde de mon enfance, qui d'un coup de nez magique obtenait tout ce qu'elle voulait.

Soudain, une brume blanche l'entoure. Cela ne dure que quelques secondes. Mais lorsqu'elle se dissipe, il n'y a plus personne ! Je lance un coup d'œil autour de moi. Adam a disparu ! Pour de vrai. Et à mes pieds, l'adorable lapin de la veille est là… Alors c'est vrai ?

Lorsque je me réveille, ma première pensée est pour Adam. Je me précipite dans le salon après avoir enfilé une chemise longue à carreaux par-dessus mon short et mon top. Mon voisin dort dans le canapé, nu. Un sourire se dessine sur mon visage : j'ai encore du mal à croire ce qu'il s'est passé hier. L'avoir vu se transformer en lapin devant mes yeux ne peut que me faire croire à son histoire de malédiction. J'ai encore du mal à le croire. Un homme maudit qui se transforme en lapin. Si c'était pas aussi bizarre et tordu, ça me ferait presque rire. Cela m'évoque Fruits Basket, un manga que je lisais quand j'étais ado. Là aussi de beaux jeunes hommes séduisants étaient sous le coup d'une malédiction qui provoquait leur transformation en animaux du zodiaque chinois. Dire que j'adorais cette histoire ! Et maintenant, je me retrouve au centre du même type de scénario. Incroyable, mais vrai !

Après avoir mis un plaid sur lui pour le couvrir, je me dirige dans la cuisine pour préparer le petit-déjeuner.

— Salut petite fleur !

Sa voix rauque me fait sursauter. Il est devant le comptoir, torse nu, un boxer comme seul vêtement.

— Adam, tu…

— Et oui, je suis de retour ! Pourquoi tu n'as pas dormi avec ton petit lapin préféré ? me demande-t-il en m'adressant une moue mutine.

— Pour éviter de te retrouver à poil dans mon lit ! D'ailleurs, tu peux aller enfiler tes vêtements, hein ? Rien ne t'oblige à rester comme ça.

— J'aime être à l'aise le matin, se contente-t-il de dire avant d'attraper le plateau que je viens de déposer sur le comptoir. On va prendre le petit-déjeuner dans le canapé ?

Je reste un instant immobile à le regarder. Il est ici comme chez lui. C'est drôle ce que je ressens soudain. J'aime sa présence. Il me fait rire. Même s'il a l'air d'être aussi le mec le plus agaçant que je n'ai jamais vu ! Je le rejoins et m'installe sur le sofa en attrapant ma tasse de café.

— Tu me crois alors ? me demande-t-il en posant sur moi ses prunelles sombres.

— Disons que je peux difficilement nier l'évidence maintenant ! Je t'ai vu te transformer en lapin. Et ce matin, tu es là de nouveau.

— Ouais… C'est l'histoire de ma vie depuis bientôt six mois !

Il marque une courte pause et reprend, le regard plus doux.

— Tu es la première à qui je me confie, murmure-t-il. Je passe mon temps à mentir à tout le monde, à décliner les invitations et à dire que je suis super occupé au travail… Certains de mes potes pensent même que je me tape une dépression. Putain, moi le mec le plus cool du monde. Une dépression.

Il lâche un rire que je devine forcé. Le pauvre. Soudain, il m'apparaît plus fragile qu'il ne le montre. Ça doit être un enfer pour lui. Surtout que si j'ai compris, ce n'était pas le genre de mec à rester enfermé. Il devait être plutôt le style à sortir tous les soirs. Et là, il se retrouve prisonnier dans ce corps de lapin qui l'empêche de profiter de sa vie.

— Je vais y aller ! s'exclame-t-il soudain en voyant l'heure. Je suis invité chez des potes pour leur anniversaire… Et j'ai demandé à ce qu'ils fassent ça le midi du coup… Histoire que j'aie une chance d'y assister.

Après avoir pris le petit-déjeuner et notre douche chacun notre tour, nous avons discuté de cette malédiction. Il ne sait pas comment échapper à ça. Et la fille qui lui a lancé le sort a disparu dans la nature. Son téléphone ne répond plus et elle n'habite plus à l'adresse indiquée. En gros, il est dans la merde. Va-t-il demeurer lapin tout le reste de sa vie ? Cette simple idée l'effraie. Il se rend compte qu'il ne pourra peut-être jamais prétendre à une vie de famille.

— Merci pour le petit-déjeuner ! Et les sushis d'hier soir.

Il me lance un clin d'œil et se lève. Son téléphone en main, il se retourne vers moi.

— Au fait, tu veux venir ? me propose-t-il. Ils sont plutôt cool ! Je suis sûr que tu t'entendrais bien avec eux. C'est des intellos comme toi.

— Je ne suis pas une intello ! Arrête avec ça.

Je fronce les sourcils et secoue la tête.

— Je vais plutôt rester ici, je dois…

En quelques secondes, il est devant moi. Il se met à genoux de façon à ce que son visage soit face au mien.

— C'était pas une question en fait, décrète-t-il. Tu n'as rien d'autre de prévu de toute façon.

Il se lève et attrape ma main pour me forcer à me lever. Je soupire, mais au fond je suis plutôt contente. C'est vrai que je n'ai rien de prévu aujourd'hui. C'est lundi, je ne bosse pas. La boutique est fermée ! Cela me fera du bien de sortir un peu et de voir du monde.

— Tes amis ne travaillent pas ? lui demandé-je.

— Non, ils sont dans la vente. Comme toi. Du coup, on se fait souvent des trucs le lundi.

Je soupire. Il a toujours réponse à tout. Devant ma mine hésitante, il me lance une œillade suppliante.

— Allez, viens. Je te promets qu'ils ne te mangeront pas ! Et ils ne se transformeront pas en ours, tu verras !

Il pouffe à sa blague et j'esquisse un sourire amusé.

— T'es bête ! Remarque, tu serais bien embêté s'ils se changeaient en ours. Ils ne feraient qu'une bouchée de toi !

— C'est plutôt toi que je vais dévorer, réplique-t-il.

Il s'approche de moi. Son visage n'est qu'à quelques centimètres de moi. Il est si près que je peux même sentir l'odeur du savon au citron qu'il a utilisé dans ma salle de bain.

Je réussis à garder une certaine contenance et m'écarte de lui.

— Laisse-moi prendre mes affaires et allons-y !

Je n'ai pas envie qu'il devine le trouble qui m'envahit à cet instant. Mon cœur palpite dans ma poitrine. C'est la première fois que je ressens ça depuis des lustres. À vrai dire, je crois que je n'ai pas craqué sur un mec depuis le lycée. Merde, je craque sur Adam ?! Dans quoi suis-je en train de me fourrer ? Une partie de moi a envie de faire machine arrière. De lui dire de partir sans moi et de ne plus revenir. Mais l'autre… C'est plus compliqué. J'aime quand il est près de moi… Ai-je vraiment envie qu'il passe le pas de ma porte et ne revienne plus jamais ? Je ne crois pas.

— Tiens… J'en connais un qui a encore oublié l'heure ! Tu es loin d'être le lapin d'Alice toi !

J'attrape le Adam poilu, comme j'aime l'appeler, et rentre dans mon appartement, la petite bête dans mes mains. Une fois la porte refermée, je le libère et je le regarde se diriger vers la petite gamelle d'eau qu'il sait à sa disposition dans sa cuisine.

Cela fait un mois que j'ai découvert le secret de mon voisin. Un mois que j'ai pris l'habitude de le recueillir lorsqu'il est sous sa forme animale à la maison et que je le retrouve dans le canapé, humain. Parfois dans mon lit. Parce qu'étrangement, j'adore me confier à lui quand il est lapin. Le lendemain, il ne me parle jamais de ce que j'ai dit, alors je pense qu'il ne se rappelle pas. Après tout, un lapin, même maudit, ne comprend rien. Du moins, j'espère. Cette minuscule boule de poils est devenue ma confidente.

— Tu veux des graines ? demandé-je en versant quelques cuillères dans son autre gamelle.

J'ai même investi dans de la nourriture pour lapins ! C'est dire comme la présence d'Adam dans ma vie est devenue familière. D'ailleurs, il me traîne de plus en plus avec lui dans ses sorties. Sous prétexte que je suis là pour lui rappeler l'heure ! À moins qu'il n'ait senti la solitude qui pesait sur mes épaules et décidé d'y remédier à sa façon. Sous ses airs de petit con, il n'est pas méchant ! Loin de là ! Même si j'ai pu comprendre à travers ses confidences qu'il n'a pas toujours été un saint, surtout avec les nanas. Preuve en est cette malédiction qui lui est tombée dessus !

— Bon cette nuit, canapé, je te préviens !

Je me dirige dans le salon et installe le plaid avec une autre couverture par-dessus. Pour qu'il soit bien installé, mais aussi pour protéger mon sofa de toutes ces minuscules crottes ! J'ai beau l'avoir adopté, ces petites déjections, je m'en passerais bien !

— Je regarde une série avec toi et ensuite je vais dormir.

Je m'installe tandis qu'il me rejoint en sautillant. Après l'avoir attrapé, je le pose sur mes genoux et fourre mes doigts dans son pelage soyeux.

— Tu devrais vraiment faire attention à l'heure, Adam, soufflé-je.

Mais au fond, je suis plutôt contente qu'il soit encore là ce soir…

Lorsque je me réveille, les bras de mon voisin sont autour de moi. Blottie contre son torse, je lève doucement la tête vers lui pour ne pas le réveiller. Il a l'air si apaisé dans son sommeil. Calme, serein. Ses lèvres entrouvertes laissent échapper une respiration tranquille. Sa barbe est encore trop longue, comme ses cheveux. Ce mec aurait dû se transformer en ours, pas en lapin ! Mais ça lui va bien. Il a l'air d'être un de ces joueurs canons des All Blacks.

— Tu devrais arrêter de me regarder pendant que je dors, souffle-t-il en esquissant un sourire sans même ouvrir les yeux. Je vais finir par croire que tu es amoureuse de moi.

Il cille des paupières avant de poser ses prunelles sombres sur moi.

— Entre ça et tes confidences sur l'oreiller, on devient un vrai couple toi et moi…

J'ouvre la bouche, surprise. Mes confidences ?

— J'ai omis de te le dire, mais même quand je suis un lapin, je garde mon cerveau, tu sais… Alors, je me souviens de tout ce que tu me racontes, poursuit-il, amusé. Mais j'aime bien hein ? Être ton confident… C'est nouveau pour moi, mais ça me plaît.

— Merde Adam ! grondé-je. Tu aurais pu me le dire ! J'étais persuadée que tu n'étais pas capable de comprendre quoi que ce soit sous ta forme de lapin… Sinon je n'aurais jamais… Enfin, je ne parle jamais à personne de tout ça.

— Je sais. C'est pour ça que je n'ai rien dit, me murmure-t-il à l'oreille en chassant une mèche qui s'aventure devant son regard. Tu gardes tout pour toi. C'est pas bon.

Il caresse doucement ma lèvre de son doigt, m'arrachant un petit frisson.

— J'avais envie que tu puisses vider un peu ton sac. Quand tu passes de mauvaises journées que tu puisses les raconter.

— Je… Pourquoi tu fais tout ça pour moi ? demandé-je. M'emmener voir tes amis, venir ici le soir… Je sais que ce n'est pas juste pour t'éviter d'oublier l'heure.

Il sourit et hausse les épaules.

— C'est comme ça, c'est tout. Je me sens bien ici. Près de toi.

Je ne dis rien, lui non plus. Je me contente de laisser ma tête reposer de nouveau sur son torse. Moi aussi, j'éprouve une sorte d'apaisement à ses côtés. C'est fou comme j'ai besoin de lui. Je me rends compte de la place qu'il a prise dans ma vie.

— Alors tu en es où avec Adam ?

Valentine se penche vers moi, baguettes à la main, un sushi en train d'être englouti dans sa bouche. Elle me dévisage avec une curiosité non dissimulée.

— Je… Comment ça ?

— Tu passes tout ton temps libre avec lui ! s'exclame-t-elle.

Bien entendu, je n'ai pas confié à ma meilleure amie que mon voisin était maudit et qu'il se transformait en lapin. Juste que nous avions appris à nous connaître entre deux escaliers et que nous avions pris l'habitude de discuter et de dîner ensemble quelques fois. Si elle savait que c'était un lapin la nuit, elle n'y croirait sans doute pas ! Valentine aussi est une cartésienne. Sans doute plus que moi.

Mais il n'en fallait pas plus à mon adorable amie pour s'imaginer plein de choses. Déjà qu'elle voulait me caser avec lui, maintenant qu'elle sait que nous sommes plus proches, elle ne lâche pas le morceau. Si elle savait que je me réveille régulièrement dans ses bras, son corps nu contre le mien, elle deviendrait folle ! Pourtant, il ne se passe rien de plus entre Adam et moi. Du moins, je crois. Parfois, je sens quelques tentatives de flirt, mais je ne sais pas si c'est pour me taquiner ou parce que, peut-être, il éprouve quelque chose pour moi.

— Tu l'aimes bien, non ?

Je me sens rougir. Elle me connaît bien, Valentine. Ce n'est pas ma meilleure amie pour rien. D'ailleurs, un sourire triomphant s'affiche sur son visage.

— Je le savais ! Tu es amoureuse de lui !

— Mais non ! Enfin…

Je baisse la tête. J'ai du mal à mettre des mots sur ce que je ressens pour le jeune homme. Il me plaît, c'est un fait. Difficile de nier l'évidence. Adam est un beau mec et même ses imperfections me plaisent. Mais il y a plus que ça… Sa douceur, ses attentions pour moi, son humour, sa faiblesse aussi parfois. Tout chez lui me plaît. Même si je sais que sa malédiction a été causée par son attitude de connard et que j'ai parfois peur qu'il me traite comme il l'a fait avec d'autres filles…

— Peut-être que je suis un peu amoureuse, chuchoté-je. Juste un peu…

Ma meilleure amie sourit et hoche la tête.

— On va dire ça… Juste un peu ! Maintenant il faut que tu attaques ! s'écrie-t-elle. Tu l'embrasses et hop. Crois-moi, il n'attend que ça ! Sinon il ne perdrait pas son temps avec toi.

— Tu crois ? l'interrogé-je, un peu mal à l'aise.

La simple idée de me jeter dans les bras du jeune homme me semble impossible à mettre en œuvre. Je ne suis pas comme ça, loin de là ! Pourtant, j'avoue avoir eu envie de l'embrasser à plusieurs reprises.

— Mais oui, c'est certain, affirme Valentine. Un mec n'est pas du genre à traîner avec une fille s'il ne craque pas sur elle.

— Si tu le dis…

— Tu vas faire ça alors ? Tu l'invites à dîner. Tu sors ta plus jolie robe et hop… Un peu de musique douce. Et tu attaques ! s'exclame la jeune femme.

Je pouffe devant son visage mutin. Elle a l'air de s'y croire. Comme si c'était elle qui allait vivre cette soirée !

— Je ne crois pas que j'en serais capable, soufflé-je.

— Mais si ! S'il te plaît, fonce. Ne laisse pas passer ta chance.

Je lui adresse un petit sourire. C'est vrai que je n'ai pas envie de rater cette occasion. Adam me plaît vraiment.

Nous passons le reste de la soirée à parler de tout et de rien. Bien entendu, mon voisin revient régulièrement dans la conversation. Valentine ne lâchera pas l'affaire tant que je n'aurai pas tenté quelque chose avec lui ! Dans quel pétrin me suis-je fourrée ?

— On mange quoi ce soir ?

Adam se laisse choir sur le canapé en allumant la télé.

— On continue Murder ? ajoute-t-il.

Je sors de la salle de bain, vêtue d'un short et d'un débardeur, les cheveux encore humides.

— Ouais, vas-y ! J'ai hâte de savoir comment se termine la saison !

Je me dirige dans la cuisine et attrape un papier reçu dans la boîte aux lettres ce matin.

— Indien ? Apparemment ça a l'air bon. Il y a de bons avis ! m'exclamé-je.

Je le rejoins et lui tends le prospectus. Il s'en empare. Nos doigts se frôlent quelques secondes, c'est rapide, mais assez pour faire palpiter mon cœur davantage. Plus je passe du temps avec lui et plus je suis sensible à son charme. J'ai l'impression d'être une de ces ados un peu niaises devant son premier crush !

— Ça me va ! Je commande, déclare le jeune homme en attrapant son téléphone. Butter chicken et cheese nan pour toi ?

Je souris en acquiesçant. C'est fou comme on a appris à se connaître en seulement un mois. Il faut dire qu'il est plus souvent ici que chez lui !

Une fois assise à côté de lui, ses doigts effleurent mes cheveux, se perdent dans mes mèches ondulées. Il a pris l'habitude de jouer avec ma chevelure et j'adore ça. Nous finissons souvent la fin de journée comme ça : ma tête sur ses genoux et ses mains caressant mes mèches brunes. Et ensuite, il se transforme en lapin alors c'est moi qui caresse son pelage soyeux.

— Tu crois que tu te transformeras en lapin toute ta vie ? le questionné-je soudain en me tournant vers lui.

Il hausse les épaules, une ombre voilant un instant son regard. Je sais qu'il souffre de cette situation.

— J'espère pas… J'ai envie que tu puisses t'endormir dans mes bras.

Ses prunelles accrochent les miennes. Aucune trace d'amusement cette fois.

— Et j'ai envie de t'embrasser toute la nuit. Te caresser.

Mon cœur explose dans ma poitrine. Je dois avoir les joues cramoisies. Il s'approche de moi et pose doucement sa main sur mon visage.

— Je crois que je suis en train de tomber amoureux de toi, Lila.

Il esquisse un sourire avant de poursuivre :

— Dire que t'étais pas mon genre… Mais c'est plus fort que moi. J'ai envie d'être avec toi sans arrêt.

Ses lèvres trouvent les miennes. Avec douceur. Il sait que j'ai besoin de tendresse. Que c'est la première fois depuis bien longtemps que j'ouvre mon cœur. Sa langue rencontre la mienne. C'est bon. Si bon. J'entoure sa nuque et me rapproche de lui.

— Je t'aime, Adam. J'ai essayé de lutter contre mes sentiments, mais… Je suis incapable de vivre sans toi.

Il sourit contre mes lèvres et resserre son étreinte. Il m'attire contre lui et je bascule sur son corps. Ses yeux me déshabillent. Il est si beau. Si désirable.

Nos bouches se retrouvent de nouveau, habitées par une envie de fusion que je n'ai jamais ressentie avant lui. De toute façon, Adam me fait découvrir toutes sortes d'émotions !

— Tant mieux… Car je ne compte plus sortir de ta vie maintenant !

Il m'embrasse encore et encore. Ses mains s'aventurent à la découverte de mon corps. Moi aussi, j'apprends à dessiner chaque pourtour de son torse de mes doigts curieux.

Nous nous laissons emporter par le désir. Nous l'avions combattu à maintes reprises, mais cette fois, nous le laissons gagner.

Ce n'est que quelques heures plus tard que nous émergeons d'un demi-sommeil. Adam lance un coup d'œil à l'horloge.

— Presque minuit, souffle-t-il.

Il me regarde, surpris. Je mets quelques secondes avant de réaliser ce qui l'étonne. Il ne s'est pas transformé ! Adam n'est pas un lapin.

— Qu'est-ce que… bredouille-t-il. Je ne comprends pas.

— Tu crois que la malédiction est levée ? chuchoté-je.

J'en rêve. Bien sûr, j'adore ce petit lapin qui a envahi ma vie, mais maintenant que je connais Adam, je le veux lui, seulement lui. Toujours. J'ai envie de m'endormir chaque nuit blottie contre son torse et de me réveiller à ses côtés.

— Je ne sais pas… Peut-être que… Je devais tomber amoureux. Après tout, c'est ce qui a causé cette connerie… Mon attitude envers les filles. Mais maintenant que j'aime quelqu'un sincèrement, peut-être que ce cauchemar est fini…

— J'espère…

— Et si c'est le cas, c'est grâce à toi.

Je souris et dépose un baiser sur ses lèvres.

— Grâce à nous. À notre amour.

Il me serre contre lui avant de murmurer à mon oreille :

— Et si on allait se coucher ? Je vais enfin avoir la chance de te serrer contre moi avant de dormir !

— Avec plaisir, soufflé-je.

Il se lève et attrape ma main. J'ai du mal à croire que je vais m'endormir dans les bras d'Adam. Sans que celui-ci ne soit un lapin !

— On va pouvoir enfin profiter l'un de l'autre tous les soirs, susurre-t-il.

Je me tourne vers lui et lui adresse un sourire mutin.

— Tu crois qu'on pourra adopter un lapin ? lui demandé-je.

Il éclate de rire et ébouriffe mes cheveux.

— Si ça peut te faire plaisir, je t'achèterai tous les lapins du monde ! Tant que je ne me transforme plus en boule de poils, ça me va.

Il dépose un baiser sur mes lèvres et m'enlace avec tendresse.

— T'es bien plus sexy comme ça qu'en lapin ! le complimenté-je.

— J'en doute pas.

Nous arrivons dans ma chambre et il me pousse contre le lit. Je m'allonge et l'attire contre moi. J'ai envie de lui. Ça fait si longtemps que je n'avais pas éprouvé un tel désir pour quelqu'un.

Il me surplombe de toute sa hauteur. Je contemple son visage aux traits finement dessinés tout en caressant sa barbe.

— T'es beau.

— Et toi, t'es incroyablement séduisante. La plus belle fleur qui m'ait été permis de voir.

Ses lèvres s'emparent de nouveau des miennes avec plus de fougue que précédemment.

— Je t'aime, Lila. Je ne veux plus jamais te quitter.

— Moi aussi, Adam.

Je me sens si heureuse à cet instant précis. Plus rien ne compte. Qui aurait pu croire qu'un lapin égaré amènerait tant de bonheur et d'amour dans ma vie ?

A propos de Marine

Marine Conan écrit depuis toute jeune. La lecture et l'écriture ont toujours fait partie intégrante de sa vie.

Elle a eu la chance de publier plusieurs romances contemporaines/new romance depuis 2018 et elle espère pouvoir continuer d'écrire encore et encore !

Son rêve ultime : vivre de sa plume et se mettre à l'écriture de thrillers.

Maman d'un petit garçon, elle adorerait aussi lui écrire des histoires qu'ils se raconteront plus tard, le soir, avant de dormir.

Bibliographie :

L'amour en quarantaine, Bookmark Editions
Texas Love, Bookmark Editions
L'Amour à la Une, Livresque Éditions
Les femmes de ma vie, Tomes 1 et 2, Editions So Romance
Tous frais payés sous les tropiques, Livresque Éditions
Redemption, Alter Real Editions

Participation aux Carrés d'As avec 2 nouvelles, les Éditions Explicites

La fée aux yeux écarlates

Chalice Autumn

Olina

Je flotte dans un nuage cotonneux, à peine consciente de ce qui m'entoure. Et pourtant, je sais que le moment est venu. Ma fleur a cessé de nourrir mon corps et mon esprit.

Et puis, tout explose.

Mon nez est submergé de parfums étrangers et puissants. Non. Pas tout à fait étrangers, grâce à ma fleur, je mets un nom dessus. Vent. Herbe. Pollen. Sueur. Ils se mélangent à l'intérieur de mes narines si vite que de la bile envahit mon palais. Ma bouche pâteuse s'ouvre sur une inspiration au goût âcre que je me force à déglutir. « Les fées naissent dans la douleur » m'a chuchoté ma fleur.

Oh ! Comme elle avait raison !

Le corps encore figé par les derniers filaments nourriciers du pistil, j'agonise en silence. Des aiguilles ont remplacé le sang dans mes veines. Chaque inspiration me brûle. Mes yeux sont encore fermés et aveugles, comme s'ils pouvaient me protéger de la réalité rien qu'en me laissant dans le noir. Avec lenteur, je lève un bras faible et frotte la pellicule grasse qui protège mes cils de la lumière.

J'ouvre les yeux sur un cocon écarlate.

La plainte qui s'échappe de mes lèvres est à peine audible. Impuissante, je regarde la couleur des pétales s'effacer, puis sens comme des picotements à l'intérieur de mes iris. Ils vont se gorger de couleur jusqu'à ce que les pétales noircissent. À la fin, il ne restera rien de la fleur qui m'a créée.

— Regardez ! La Coquelicot va sortir !

— Malheur… elle a fleuri…

— Bah ! Les Coquelicots ne survivent pas bien longtemps !

Ces voix… elles transpirent de dégoût et d'effroi. Je ne sais plus si j'ai envie de sortir de ma fleur protectrice. Mais il est trop tard, les pétales incolores ont commencé à noircir, j'aperçois même un bout de ciel bleu à travers l'un d'eux. Je fouille mes connaissances, mais ne trouve rien pour expliquer leurs émotions brutales. Lentement, je sens ma fleur faiblir et se rétracter. Les voix se transforment en chuchotements avant de laisser place à un silence pesant.

Je me redresse tant bien que mal dans ce cocon qui chavire, faisant craquer les filaments desséchés encore collés sur ma peau. Dans mon dos, un reflet brillant attire mon regard. Mon aile droite s'étire avec grâce, dispersant la raideur de mon muscle fragile. Mes doigts en effleurent la surface cristalline et brillante. Elle est parfaite. Tous les pétales sont ouverts à présent. Le coquelicot se penche en avant pour me laisser descendre de son cœur. Il ne se relèvera jamais.

Des hoquets écœurés retentissent dans mon dos. Je crois même entendre quelqu'un vomir.

Et je sais. Je n'ai pas besoin de tourner la tête pour savoir que mon dos est totalement lisse du côté gauche. L'absence laisse une cavité béante à l'intérieur de mon âme. De ce que je suis… de ce que je ne suis pas.

Avec ce qu'il me reste de courage, je fais face aux fées. Aucun d'eux ne touche le sol. Je n'ai pas ma place parmi eux. Sans deuxième aile, je ne peux pas voler.

Les Coquelicots ne survivent jamais longtemps, a dit l'un d'eux. Je refuse de lui donner raison !

Lathlan

Mon éternuement est si violent que le livre s'échappe de mes mains. J'entends le ricanement de Jurem bien avant qu'il n'entre dans la pièce.

— Lathlan, souffle-t-il dramatiquement, pourquoi t'obstines-tu à ouvrir la fenêtre tous les soirs ?

— J'aime l'odeur de la nuit.

Je récupère mon livre au sol et trouve la page où j'étais, ignorant son reniflement moqueur. Après un moment de silence, il s'affale dans le fauteuil en face du mien. Croise et décroise ses jambes. Souffle sans discrétion et finit par tapoter l'accoudoir en rythme.

— Tu es impossible, souris-je en refermant le livre.

— Je m'ennuie, grogne-t-il, et toi, tu es enfermé toute la nuit le nez dans tes bouquins !

Jurem et moi sommes des créatures similaires, forgées dans le sang et la douleur. La seule différence, c'est qu'il convoite le sang animal, je me nourris du sang humain. Le jour où nous avons quitté nos cages, nous sommes restés ensemble. Hélas, il n'y a que moi qui ai hérité d'une allergie au pollen. Parmi toutes les expériences sanglantes que le vieux fou a faites sur nous, il a fallu que le sang de fée laisse une trace permanente. Raison pour laquelle dès que le printemps se pointe dehors, mon nez s'irrite et des éternuements intempestifs font trembler les murs. Un rictus se dessine au coin de ma bouche au souvenir de sa mort. Ils me remplissent de satisfaction. J'ai recouvert les murs de son laboratoire avec son fluide vital. Lentement. Il a succombé bien trop vite à mon goût. Jurem a détruit le travail de sa vie et ensemble, nous avons regardé son laboratoire brûler. Nous y avons laissé nos souvenirs et notre colère.

— Ce qu'il manque ici, c'est un peu de joie de vivre ! s'exclame mon vieil ami d'un ton plaintif.

— Jurem, tu me blesses. Je suis un rayon de soleil.

— Tu es à peine vivant, Lathlan. Tu tiens plus compagnie à ta maudite bibliothèque qu'à moi !

— Ma « maudite » bibliothèque ne laisse pas du sang partout quand elle mange, elle.

— Tu m'en veux encore pour ton tapis ? ronchonne Jurem en croisant ses larges bras.

Je hausse un sourcil sévère. Jurem peut manger où il le souhaite, mais pas au milieu de mes livres ! Sa gourmandise est alarmante. Il prend finalement un air penaud et ouvre la bouche. Nous sommes interrompus par des coups frappés avec hésitation. Jurem et moi échangeons un regard. Ces satanés humains sont revenus. Je frotte l'arête de mon nez, retenant un soupir agacé. Jurem, lui, a les yeux qui brillent. La peur que je suscite chez eux est une éternelle source d'amusement. Il a beau être plus grand et plus imposant que moi, les frêles créatures frissonnent toujours plus avec moi. C'est à n'y rien comprendre.

— Tu es terrifiant quand tu es agacé, s'esclaffe Jurem qui a suivi le train de mes pensées.

— Je ne mange que les méchants pourtant.

Le rire tonitruant de Jurem escorte mes pas jusqu'à la porte. Je sens déjà une migraine s'installer derrière mes rétines et je n'ai même pas lu dix pages.

Sans surprise, j'ouvre la porte sur des visages blêmes et des regards baissés. Avec une nonchalance feinte, j'appuie une épaule contre le chambranle et croise mes bras. Je ne trouve ni la force ni l'envie de supprimer le froncement de sourcils qui accompagne mon mouvement. L'entente que nous avons est simple. Ils me livrent les noms de celles et ceux qui méritent la mort, d'après leurs grotesques lois humaines et je les débarrasse de leur vile existence. Et en échange, ils nous laissent en paix. Ces idiots se sont mis en tête d'agrémenter leurs visites d'offrandes. Parfois vivantes pour Jurem.

— Bonsoir.

Les cinq hommes frissonnent en reculant d'un pas. Ils sentent la peur. Les veines pulsent délicieusement à mes oreilles et je sens mes canines s'allonger devant ce festin. Mes pupilles dilatées enregistrent chacun de leur mouvement.

— Maître… nous avons deux noms à vous donner… bégaie l'un d'eux.

Je penche la tête, étudiant les traits de son visage sans intérêt. L'espace d'un instant, je suis captivé par une goutte de sueur qui roule le long de sa tempe. *Allons, Lathlan, tu es un vampire civilisé, fais un effort !*

— Messieurs, messieurs, sourié-je en tendant la main vers la malle posée au sol, je doute qu'il faille une aussi grosse boîte pour deux noms. Qu'avez-vous amené ?

Deux d'entre eux lèvent la tête, retiennent leur respiration et déguerpissent sans un mot. J'entends presque Jurem hurler de rire devant leurs réactions. Les autres marmonnent quelque chose d'incompréhensible et font de même. Cette fois je n'imagine rien, Jurem, dont la tête dépasse de la fenêtre au-dessus de moi, dissimule très mal un gloussement. Je récupère le bout de papier cloué sur la malle.

— Mets le feu à la malle et son contenu. Il n'y a rien de vivant pour toi à l'intérieur, précisé-je en réponse à sa moue boudeuse.

Olina

J'aimerais fusionner avec le sol. Ne serait-ce que pour ne plus les voir flotter au rythme gracieux de leurs ailes. Certains vont jusqu'à se détourner, les touchant du bout des doigts comme pour se rassurer. Mon état les répugne. Comme si j'avais choisi d'avoir une aile en moins !

Derrière eux, j'aperçois les habitations du peuple des fées. Accrochées dans les fleurs les plus hautes. Des toits de feuilles de toutes les couleurs et des murs de branches. Plusieurs têtes sont penchées à la fenêtre, le même air d'inquiétude planté sur leur visage fin. Il me suffit d'un regard pour savoir que jamais je ne pourrai avoir une maison comme la leur. Je ne volerai pas. Je ne vivrai pas dans les fleurs en hauteur…

— Si tu restes, il y en aura d'autres comme toi ! crache une vieille fée.

— Nous sommes déjà si peu, ajoute une autre sans me regarder.

— Je…

— Pars ! insiste la première, le doigt pointé derrière moi.

Je réalise très vite qu'il ne sert à rien d'essayer de parler. Que pourrais-je leur dire ? Mon destin est scellé. Dans leurs yeux, je suis déjà fanée.

Sans un mot je fais un pas en arrière. Puis un second. Mes jambes sont fortes et musclées, remplies de la vie de ma fleur, mais mon équilibre est précaire. Je m'interdis de tomber ou même de trébucher. Je dois partir d'ici ! Mes pas s'allongent et sans un regard en arrière, je quitte le champ de fleurs dans lequel je suis née.

Je m'enivre de l'odeur du vent sans réfléchir à ma destination. Ma tête s'éteint pour laisser place aux sensations nouvelles qui parcourent mon corps. L'humidité du sol sur la plante de mes pieds. La caresse des herbes hautes sur mes mollets. La chaleur des rayons du soleil sur mon visage. Les couleurs vives qui réchauffent mon âme. Je ne veux plus m'arrêter. Je ne suis pas prête à affronter la réalité et pousse mon corps sans faiblir. Mes jambes sont à présent plus assurées. Je ne fais plus qu'un avec la nature. Peut-être que si je cours jusqu'à l'épuisement, le sol me reprendra dans son sein. Il n'y aura plus de souffrance ni ce manque. Cette difformité.

Alors je file. Devenant une volute de vent qui traverse le champ. Oubliant tout. Laissant la nature prendre mes pensées.

Lorsque finalement je m'arrête, c'est d'épuisement. La respiration sifflante, je m'écroule sans grâce. Un bourdonnement puissant a pris possession de mes tympans. Mon sang est devenu un torrent en guerre à l'intérieur de mes veines, sous les commandes de mon cœur qui bat avec frénésie. Mes narines se noient dans la terre fraîche et rassurante.

Après quelques instants de repos, j'entends à nouveau. Quelque chose fait vibrer le sol. En cadence, le son se rapproche et fait trembler le sol sous ma joue. Péniblement, j'ouvre les yeux sur un nuage de poussière. Et des jambes qui arrivent en courant. Trop tard pour réagir. Je ne peux qu'observer, avec un étrange détachement, les trois humains fondre sur moi. L'un d'eux tient une sorte de filet qu'il brandit au-dessus de lui.

Lathlan

— Au sujet de ton anniversaire… commence Jurem bien trop excité par cette perspective.

— Oui ?

— Pourquoi ne pas organiser une petite… fête ?

— Évidemment que tu veux organiser une fête, soupiré-je.

— Alors ?

— Non.

— Mais…

— Non, Jurem. Qui donc voudrais-tu inviter ?

Je l'observe en haussant un sourcil. Il ouvre la bouche, prêt à me rétorquer je ne sais quoi, puis il la referme en grognant. Le fait est que Jurem n'est pas fait pour cette vie. Il est vivant, énergique et curieux. Incapable de rester assis plus d'une minute. Son besoin de mouvement constant le rend incroyablement irritable ces derniers temps. Lui et moi vivons la nuit. Sans parler du fait que les humains ont une sainte frayeur de nos personnes. Où donc est-il allé chercher cette idée de fête ? Imaginer des inconnus mettre les pieds dans ma bibliothèque et toucher mes livres… Un désagréable frisson me parcourt le dos. *Hors de question !*

— J'ai entendu les humains parler de la fête du Printemps. Ils s'activent comme des fourmis dans le village d'à-côté, explique-t-il avec envie, je veux changer mes souvenirs de cette fête.

— Ah.

Le soir de la fête du Printemps, le vieux fou était particulièrement… inspiré. C'est le soir où il a acquis de larges quantités de sang de fée. Jurem a vomi pendant des heures et des heures suite à cette fête et à ses expériences. Je ne sais pas exactement ce qu'il lui faisait puisqu'il ne nous prenait jamais en même temps dans son antre pour ses tests. Laissant nos corps récupérer. Quel gâchis cela aurait été que ces cobayes succombent ! Il n'y a rien de doux dans ces souvenirs. Juste de la souffrance et de la haine. Même les couleurs étaient minimales. Le blanc stérile et l'argent du métal, le noir profond de nos cages et le vermeil écarlate du sang. Je me rappelle encore de l'odeur entêtante qui a plané dans son laboratoire pendant des semaines.

La santé mentale du vieux fou a commencé à se détériorer peu après cette fête. Marmonnant sans cesse et oubliant de nous nourrir. Jurem et moi pensons qu'il faisait des expériences sur lui-même. C'est très certainement ce qui l'a affaibli.

— Pourquoi n'irais-tu pas participer aux festivités des villages voisins ?

— Lathlan…

Contrairement à Jurem, je n'apprécie pas particulièrement la compagnie des mortels. Très certainement parce que leur sang m'appelle et me rend agité. Avec son air affable et sa voix bourrue, Jurem les met bien plus à l'aise. Il ne les mange pas non plus.

— Ramène-moi quelque chose pour m'occuper et ça ira très bien.

Il inspire profondément et hoche la tête. Je vois passer une étincelle d'excitation dans ses yeux. Elle se transforme en timidité et avant même qu'il ne pose sa question, je sais à quoi il est en train de penser.

— As-tu continué les recherches ?

— Tu sais bien que non. Je n'arrive pas à comprendre pourquoi tu penses que le vieux fou aurait dit la vérité, soufflé-je avec irritation.

— Il ne cessait d'en parler à la fin.

— Pour me torturer, Jurem. Il aimait faire naître l'espoir dans nos cœurs, pour avoir la satisfaction de l'écraser l'instant d'après.

— Mais…

— Je suis allergique au sang de fée !

— Pas celui de…

Je coupe sa phrase d'un regard froid et apparais près de la porte l'instant d'après, une main posée sur la poignée. L'œil humain aurait été incapable de me voir bouger. Jurem, lui, n'a eu aucun mal à suivre mes mouvements.

— Il y a longtemps que j'ai arrêté de croire à ma guérison, mon ami, murmuré-je avant de sortir sans bruit.

Olina

Quand les trois hommes se jettent sur moi, je me débats comme une tigresse. Grognant comme un animal et bougeant dans tous les sens. Les fées sont plus fines et plus petites que les humains. Très vite, je suis immobilisée par leurs mains moites et leurs corps puants. Ma seule chance de survie aurait été de pouvoir voler et me mettre hors de leur portée.

Mes pathétiques efforts pour leur dire d'arrêter sont vains. L'un d'eux enfonce un chiffon sale au goût d'eau rance dans ma bouche pour taire mes grognements. L'un maintient mes jambes, son poids écrasant mes muscles fatigués, et l'autre encercle mes poignets d'une main et appuie mon crâne au sol de l'autre. Le troisième soulève le filet avant de cracher au sol, visiblement en colère.

— Putain elle n'en a qu'une !

— Merde !

S'ensuit un débat sur la répartition de leurs futurs gains. Les trois humains se chamaillent comme si je n'étais pas là. Ou comme si j'étais déjà morte. Et puis, les mots du premier font enfin sens dans mon esprit. Mon aile ! C'est mon aile qu'ils veulent ! À l'intérieur de moi, quelque chose cède dans un craquement sinistre. Mon corps se détend, mes paupières se ferment. Mon corps s'affaisse, vaincu et… honteusement soulagé ?

— Elle est morte ?

— On s'en fout, aide-moi à prendre l'aile !

Avec une effroyable lenteur, les membranes qui maintiennent mon aile sur ma colonne vertébrale se tendent. Le bruit de succion me retourne le cœur. Mais je ne bouge pas. Retenant la bile dans ma gorge à la seule force de ma volonté. Si je suis débarrassée de l'aile, je pourrai peut-être commencer une nouvelle vie. Devenir quelque chose d'autre. Si je survis.

— C'est une jeune, commente l'un des humains.

— Elle ne passera pas la nuit.

Lorsque la première membrane se déchire, un hurlement d'agonie envahit ma gorge et se disperse dans l'air. À la deuxième, il n'y a plus assez d'air dans mes poumons, un voile sombre recouvre mes yeux. Ou peut-être qu'ils sont fermés. Mon cerveau n'arrive plus à réfléchir. Je me noie dans un torrent de flammes. De pauvres gémissements écorchés émanent de la coquille qui me sert de corps. Des pas s'éloignent sans un mot ou un regard en arrière. M'abandonnant à une mort certaine.

Je pensais que la souffrance me tuerait. Mais elle me maintient éveillée. Libérée de mon aile, ce rappel constant de ce que je ne serai jamais, je réapprends à respirer. Puis me force à ramper jusqu'à un buisson. Totalement nue et presque brisée, je ferme les yeux et roule mon corps en boule à la recherche de chaleur.

Demain. Je me lèverai pour cette nouvelle vie. Demain, je me promets en sombrant dans le néant.

Lathlan

Du bout de la langue, je récupère la perle de sang sur la lèvre inférieure. Je prends le bout de papier chiffonné dans ma poche et déchiffre l'écriture grossière. Je n'ai besoin d'aucune lumière pour lire le second nom et l'adresse griffonnée avec une telle hâte que certaines lettres sont à peine formées. Ces satanés mortels ne sont pas fichus de prendre le temps d'écrire correctement. Mon reniflement agacé est le seul son dans la rue sombre.

Belinda Lemoine — Impasse Bonnin
Justin Grimaldi — 6 allée Jouvenceau

Ce n'est pas très loin d'où je suis. Sans un regard pour le cadavre à qui appartient le premier nom, je me dirige sans bruit vers l'allée. Jurem est chargé de vérifier les passifs dans les noms que les mortels me procurent. Il est arrivé une fois, une unique fois, qu'un nom innocent soit écrit sur le papier. Jurem leur a fait regretter ce malencontreux faux pas. J'esquisse un sourire amusé devant l'audace des humains. Je dois leur reconnaître un certain courage, parfois.

Quiconque croisant mon chemin ne peut douter de ma nature. Il n'y a strictement rien chez moi d'humain. Ni la couleur de mes yeux, actuellement aussi noirs qu'une nuit sans lune ni mes mouvements précis et silencieux. La chasse attise mon instinct de chasseur et allonge la pointe de mes canines. En tournant dans la rue que je convoite, un bruissement parvient jusqu'à moi. Quelqu'un se déplace à l'autre bout de l'allée.

Un rictus courbe mes lèvres. Le quelqu'un essaie d'être discret. J'entends les battements frénétiques de son cœur et je sens d'ici la moiteur de ses mains sales. Ses pas sont hésitants, comme s'il n'osait pas poser le pied par terre. Je le laisse faire un pas de plus avant d'apparaître devant lui la seconde d'après. Cheveux blonds, longs et sales. Souffle rance et charriant un excès de whisky. Même sans la marque en forme de croissant de lune sous son œil, j'aurais deviné son identité. Son regard mauvais détaille mes chaussures puis remonte lentement. Enregistrant les détails qui pourraient lui être intéressants.

J'attends patiemment qu'il regarde mon visage et ne suis pas déçu lorsqu'il y arrive enfin. Son sourire calculateur laisse place à un hoquet de frayeur silencieuse. Je suis exténué. Sans lui donner une chance de parler, j'attaque et me nourris.

Plus tard, alors que je rejoins Jurem au salon pour un verre de vin, j'ai effacé toutes les traces de ma visite en ville.

— J'ai décidé de suivre ton conseil, déclare Jurem.

— Oh ?

— Tu es sûr que tu ne veux pas venir ? marmonne-t-il l'air ennuyé.

Je secoue la tête et accepte le verre qu'il me tend. Lui et moi sommes vraiment différents sur ce point. Je ne ressens pas le besoin de socialiser comme lui. Il possède ce don naturel pour la communication et l'empathie. C'est aussi ce qui le rend malheureux dans cette existence, contrairement à moi. Des mots tapés sur du papier me suffisent amplement.

Devant son silence, je hausse les épaules et lui adresse un clin d'œil.

— J'espère que tu auras des aventures mémorables à me conter.

— Oh, tu peux compter sur moi !

— Je n'en doute pas une seconde.

— Je pars demain soir. Je vais me nourrir avant de partir. Bonne soirée mon ami.

— Bonne soirée Jurem. Mange proprement cette fois.

Son grognement mécontent me parvient de l'entrée et c'est le sourire aux lèvres que j'attrape mon prochain roman.

Olina

J'ouvre les yeux en sursaut. Quelque chose vient de passer près de mon buisson en courant. Un lapin, je crois ? L'instant d'après, une large forme trottine à sa suite en… sifflotant ?

Il fait nuit noire, la lune pour seule lumière. La forme appartient à un homme gigantesque, tant en largeur qu'en longueur. Il se déplace avec une grâce incongrue et dégage une aura de danger. Je retiens ma respiration sans comprendre pourquoi. L'homme se fige et lève le nez en l'air, inspirant profondément en marmonnant dans sa barbe. Un grondement émane de son torse. Sa tête pivote lentement dans ma direction, reniflant à pleins poumons. Il n'est pas humain c'est certain. Est-ce qu'il sent mon odeur ?

Idiote ! C'est ton sang ! réalisé-je dans un tremblement de pure terreur lorsque ses yeux brillants croisent les miens. Le prédateur se fige prêt à attaquer puis cligne des yeux et s'approche. Ses yeux, auparavant affamés, sont à présent curieux. Je n'ose pourtant pas respirer, l'air coincé dans mes poumons lutte pour sortir, mais je suis tétanisée, observant la créature venir jusqu'à moi.

— Ciel ! Pauvre petite fée, ronronne-t-il d'une voix incroyablement douce, comment es-tu arrivée ici ?

Sa voix… Elle résonne avec puissance dans l'air. Pleine de vie et de rires. Comme c'est étrange d'entendre autant de belles choses dans la voix d'un prédateur. Accroupi devant mon abri sommaire, il attend ma réponse, ses yeux cherchant la source du sang qui me recouvre. Aucun mot ne franchit mes lèvres. Je ne sais pas quoi lui répondre.

Sa tête se retourne brusquement. Il fixe un point derrière lui avec intensité. Sans bruit il se redresse et me regarde à nouveau. Le prédateur est à nouveau là, caché derrière ses yeux dangereux.

— Je dois m'absenter un instant. Je reviens dans une minute.

N'oublie pas de respirer, glousse-t-il avant de me tourner le dos.

Il disparaît tout bonnement. Non, je vois sa silhouette se pencher au loin. Un craquement sonore me fait sursauter puis le silence revient. Je respire enfin, par à-coups et douloureusement. Tout chez la créature me donne envie de fuir, mais lorsqu'il parle, je n'ai plus peur. Il n'avait pas l'air de vouloir me tuer non plus. Mes jambes sont glacées et mon dos saigne encore. Je suis incapable de me lever, encore moins de fuir.

J'ai dû encore perdre connaissance, la créature est de nouveau accroupie devant moi, l'air inquiet. Sa bouche forme des mots qui n'atteignent pas mon cerveau. J'ai froid. Je suis en train de me faner.

Des bras puissants soulèvent mon corps brisé. Je ne sens plus mes jambes ni mon dos. Mes sens sont envahis d'une odeur de citronnelle, d'herbe coupée et de… sang ? Quelle sorte de créature est-il ?

Son corps est secoué d'un léger tremblement, sous mon oreille le son qui sort de son torse est agréable et joyeux. Je crois qu'il rit. Est-ce que j'ai parlé à voix haute ?

— Oui, confirme-t-il très clairement amusé, et je ne mange que les animaux rassure-toi. Tu as perdu beaucoup de sang, mes excuses pour le trajet, je dois courir. Il sera court je te le promets.

L'instant d'après, il n'y a plus que le vent. Il court si rapidement que le paysage est flou. Ses mouvements ravivent la douleur de mon dos et malgré ses bras qui me tiennent précautionneusement, le noir reprend possession de mon corps. Cette fois, je n'ai pas peur d'y sombrer.

Lathlan

— Hum, Lathan ? chuchote Jurem.

— Quoi encore ?

— Tu sais le médecin du village ?

— Owards ?

— Oui, voilà, lui ! répète-t-il en hochant la tête avec emphase, il te doit une faveur, non ?

Jusqu'à présent je n'écoutais que d'une oreille, mais soudain, Jurem a ma pleine attention. Qu'est-ce qu'il a encore trafiqué ? Et pourquoi diable aurait-il besoin d'un médecin ? Sous mon regard accusateur, il gigote sans réussir à cacher un sourire malicieux.

— Ne me regarde pas comme ça ! s'insurge-t-il.

— Tu m'inquiètes de plus en plus.

— Le nom complet du médecin ?

— Steven Owards.

— Parfait !

— Jurem…

Il disparaît avant d'avoir pu le questionner plus. Le regard plissé de suspicion, j'avance jusqu'au couloir et inspire profondément. Une odeur de sang et de fleur flotte dans l'air et déclenche un effroyable éternuement. Nom de nom ! Du sang de fée. Puissant et coloré. J'ai interdit les mortels d'en amener ici, principalement à cause de mon allergie, mais aussi parce que le peuple des fées est sans danger, de nature paisible et douce. Et je pense avoir été convaincant. Je fais un pas vers la porte puis change d'avis. Je ne suis plus certain d'avoir envie de savoir ce que Jurem a trafiqué avec du sang de fée. Je fais demi-tour et ferme la porte en retournant dans la bibliothèque.

Pendant une vingtaine de minutes, je feuillette mon livre sans réel enthousiasme. Le sens des mots ne cesse de m'échapper.

Impossible de me concentrer. Malgré le bon sens, je me retrouve à nouveau dans le couloir, humant l'air. Mon nez me chatouille affreusement, mais je persiste. Il y a dans l'air quelque chose de plus. Comme une odeur sucrée et fraîche. Cet imbécile a piqué ma curiosité.

Dans un second temps, mes pas suivent les effluves sucrés jusqu'au couloir situé près de l'entrée, celui des chambres d'invités inutilisées depuis des années. La poussière s'ajoute aux odeurs et empire mes éternuements. Owards, le médecin de ville, m'a fabriqué une sorte de tonique pour calmer mes réactions allergiques, notamment à cause de l'arrivée du printemps. J'ai bien assez de bouteilles pour tenir plusieurs mois, et heureusement si Jurem se met en tête de jouer avec du sang de fée !

Il a choisi la chambre la plus au fond du couloir. Je ne l'entends pas et devine qu'il est parti chercher le médecin. Je ferme les yeux, une main sur la poignée. De l'autre côté, j'entends une respiration, faible et laborieuse. J'ouvre la porte sans être surpris de trouver une fée enroulée dans les couvertures. Une bassine remplie d'eau rosée ainsi qu'un chiffon humide sont posés par terre. La pièce empeste le sang et la mort. La chose dans le lit est à peine vivante.

J'approche assez du lit pour voir que la fée est secouée de tremblements. J'ai à peine approché ma main de son corps frêle que je ressens la chaleur qui se dégage de son corps. Sans soins, la fièvre la tuera. Son visage est tourné vers le mur et je pose une main délicatement sur sa nuque, son pouls est si faible que mes oreilles peinent à en capter le son.

Le gémissement qui sort de sa bouche est définitivement féminin. Et plaintif.

Olina

Je ne sais pas où je suis. Je suis si fatiguée et il fait sombre ici. Je ne suis plus allongée sous mon buisson, ça, j'en suis certaine. La créature m'a-t-elle ramenée chez elle ? Ses doigts frais picotent mon cou et mon front. Ses mains glissent sur ma nuque pour ensuite me faire boire de l'eau fraîche, puis j'entends ses pas se diriger vers la porte. Ne pars pas, ai-je envie de lui dire. Ne me laisse pas seule dans le noir. Elle semble comprendre et hésite. Je l'entends soupirer et finalement partir.

Quelques secondes après, un raclement de chaise me fait sursauter. Un bruit de papier résonne dans la pièce puis… une voix. Une voix bien différente de celle de la créature. Comme un vent frais. Elle lit quelque chose, mais le sens de ses mots m'échappe. Sa diction douce m'apaise et me berce.

Peu de temps après, je sens des mains sur mon dos. La peau est moite. J'ouvre brusquement les yeux et tourne la tête vers son propriétaire. Je découvre un vieil humain penché sur moi. Il tient un tissu clair entre ses doigts. Un pansement. Son expression d'horreur rivalise avec la mienne. Il recule vivement en réalisant un geste de croix sur sa poitrine. Dans son dos, Jurem roule des yeux en croisant ses bras épais.

— Maudite… chuchote l'humain en reculant d'un pas de plus.

Mes yeux. Ce sont mes prunelles écarlates qui le terrifient. Je clos mes paupières en soupirant tristement. Je ne connais même pas leur couleur exacte, sont-ils si affreux ?

— Et bien ? demande Jurem d'un ton impatient.

— Je risque ma profession… Je ne peux pas… ses yeux…

— Balivernes humaines ! Hors de ma vue charlatan !

— Pardonnez-moi…

La porte claque alors que le médecin s'enfuit en marmonnant

des excuses inintelligibles. La créature, Jurem, pose une main chaude sur ma joue, prenant bien soin de faire des gestes doux qui m'arrachent un petit sourire. Il observe mes prunelles avec attention puis son visage se fend d'un large sourire qui monte jusqu'à ses yeux.

— Des yeux magnifiques ! Ne crois pas un mot sorti de la bouche de cet idiot !

— Comment va-t-elle ?

Malgré sa phrase à peine prononcée, je reconnais immédiatement la voix. Celle de la seconde créature. Les deux ressemblent à des humains, mais l'aura qui les entoure est surnaturelle. Puissante et sauvage. Jurem est bien plus large que le nouveau venu. Ses traits, à l'image de sa corpulence, sont fins et raffinés, ils portent les cheveux longs couleur sable et ses yeux sont aussi noirs que l'ébène brute. Il est si immobile… respire-t-il ?

— Lathlan ! Tu n'as pas pu t'empêcher de venir fouiner, l'accuse Jurem sans vraiment y croire, tu ne m'auras même pas laissé le temps de te faire la surprise !

— Le manoir embaume le sang de fée, comment as-tu pu penser une seconde que ta surprise le serait jusqu'à la fin ? rétorque Lathlan agacé avant d'éternuer discrètement.

— Dis-moi, as-tu déjà soigné une plaie ? questionne innocemment Jurem.

Lathlan frotte l'arête de son nez avant d'acquiescer. Avec une grâce inhumaine, il déboutonne les manches à ses poignets et les roule jusqu'à ses coudes. Je suis hypnotisée par ses mouvements fluides.

— Va me chercher mon tonique avant que je n'éternue sur notre invitée.

— Ne la mange pas en mon absence ! lance Jurem avant de disparaître sans bruit.

Le rictus amusé qui apparaît sur le visage de Lathlan est très beau.

Lathlan

Plongé dans un passage particulièrement intéressant, je ne remarque le regard hautement insistant de Jurem qu'après avoir tourné la page. Il a senti mon odeur dans la chambre de la fée, il sait que j'y suis allé avant qu'il ne revienne avec le médecin et curieux comme il est, il veut évidemment savoir pourquoi je suis resté.

— Elle pleurait dans son sommeil, expliqué-je.

— Oh. La pauvre petite.

— Où l'as-tu trouvée ?

— En lisière de forêt. Les humains ont arraché son aile et l'ont laissée pour morte.

Le dégoût de mon ami est évident. Je pensais avoir été clair quant au trafic d'ailes de fées dans la région. Il semblerait que les vermines aient besoin d'un nouveau rappel. Un grondement sourd résonne à l'intérieur de moi et je sais que mes pupilles sont entièrement noires et luisantes. La colère déforme jusqu'à mes canines qui dépassent de ma bouche.

— Je ne sais pas à quoi tu penses, mais tu es terrifiant, glousse Jurem comme si cela ne jurait pas avec ses propos. Oh ! et je pars demain.

Je cligne des yeux. Il part demain ?

— La fête du Printemps, clarifie-t-il.

— Et la fée ?

— Et bien, si tu pouvais ne pas la manger, j'aimerais beaucoup faire sa connaissance à mon retour !

Si je ne tenais pas tant à mes livres, je lui en aurais lancé un au visage à l'instant. Juste pour effacer son sourire beaucoup trop fier. La coïncidence est trop grande pour être innocente. Les fées sont réputées pour être pleines de vie et de joie. Juste après avoir annoncé que c'est précisément ce qu'il manquait ici, voilà qu'il trouve une fée à moitié morte en forêt. Et si c'est réellement une coïncidence, alors le destin a un drôle de sens de l'humour. Je connais Jurem, s'il était vraiment inquiet pour la fée, il ne partirait pas. Il s'accroche rapidement aux choses fragiles et blessées. Combien de fois m'a-t-il ramené des chiens ou chats sauvages ? Heureusement, il ne mange pas ce type d'animaux, leur sang est soi-disant trop fade.

Le lendemain soir, je retourne voir la fée qui tremble dans son sommeil. Après avoir changé son pansement et appliqué de l'huile chaude autour de la plaie, je reprends ma lecture là où je m'étais arrêté la première fois. La lecture semble l'apaiser et l'aider à dormir profondément. Ce dont elle a besoin pour récupérer. Mon stock de tonique diminue bien plus rapidement que prévu et en sa présence, mes éternuements sont encore trop nombreux.

Son rétablissement est aussi pour mon intérêt. Moins son sang sera dans l'air, moins désagréables seront mes nuits. C'est du moins ce que je me dis alors que j'entame le second chapitre d'un roman historique.

Olina

L'éternuement de Lathlan me réveille en sursaut. Je n'avais même pas remarqué que je m'étais assoupie. Jamais je ne l'avouerai, mais lorsqu'il vient dans la pièce, je me sens mieux. Prenant mon courage à deux mains, j'inspire profondément. Une grimace déforme mon visage. Mon corps, resté alité si longtemps, est tout endolori. J'arrive néanmoins à me redresser et à m'asseoir maladroitement face à Lathlan. J'en ai assez d'être enfermée entre ses quatre murs froids et vides et voudrais entendre le son de ma propre voix également. Peut-être que l'inconnu appréciera un peu de compagnie. Il y a tant de silence ici. Je n'entends jamais un mot en dehors des moments de lecture le soir. Juste des éternuements à répétition.

— Bonjour, souffle Lathlan en refermant son livre.

— Je… je m'appelle Olina.

— Je suis Lathlan, répond-il en inclinant cérémonieusement le torse une main sur le cœur, nous sommes officiellement présentés.

Un sourire timide naît sur mes lèvres. J'aime vraiment sa voix. Nous ne savons pas quoi ajouter de plus et je vois à son visage crispé qu'il est mal à l'aise. Je ne sais pas pourquoi, mais mon sourire s'élargit. Ses yeux si étranges le remarquent immédiatement et j'aperçois une étincelle amusée passer.

— As-tu faim ?

— Je suis affamée, avoué-je en rougissant.

— Mes excuses Olina, je n'ai aucune idée de ce que mangent les fées.

— Du végétal.

Bien trop vite pour mon œil de fée, Lathlan est debout puis disparaît l'instant d'après. Il réapparaît tout aussi vite, une corbeille de fruits dans les bras ainsi qu'un pochon en toile de jute.

Je dois avoir l'air idiote, car il dépose le panier près de moi et avec un mince sourire se rassoit.

— Je suis navrée, je n'ai pas l'habitude d'avoir des invités. Mes mouvements ont dû t'effrayer ?

— Je… Euh… Un peu, ris-je devant sa gêne apparente.

Lathlan est positivement charmant. Il se penche pour prendre un second livre, qu'il lit dans sa tête cette fois-ci. J'en profite pour l'observer à la dérobade, croquant dans une pomme fraîche. Tout chez lui me fait penser à un noble humain, mais ses yeux sont vifs et dangereux. Il peut se déplacer en un clin d'œil. Quelle sorte de créature est-il vraiment ? À chaque mouvement que je fais et son que je produis, sa tête bouge légèrement. Comme s'il entendait tout et prenait note, tout en continuant de lire.

Ma fleur ne m'a jamais parlé de créatures telles que lui. Il est fascinant. J'ai même du mal à le lâcher des yeux pour prendre un second fruit. Ma main se fige au-dessus d'une poire avant de se tendre vers le pochon.

— Ce sont des noix, précise Lathlan sans lever le nez de son livre.

— Comment sais-tu que je me posais la question ? Lis-tu aussi les pensées ?

Il relève les yeux incrédules avant de m'adresser un rictus amusé qui transforme son visage. Ma bouche s'en arrondit de stupeur. Heureusement, il ne commente pas et répond à ma question à la place.

— J'ai l'ouïe très fine et ta main a frotté le tissu, explique-t-il comme si c'était tout à fait naturel d'entendre un détail pareil.

— C'est incroyable…

— C'est… assez utile oui, confirme-t-il.

— En veux-tu ?

— Je ne mange pas de… noix.

— Une pom…

— Ni de fruits, coupe-t-il en haussant un sourcil moqueur.

— Oh.

Il retourne à sa lecture après avoir éternué deux fois. Je reprends mon festin dans un silence doux et agréable.

L*athlan*

Des pas hésitants s'arrêtent juste avant le chambranle. La fée reste cachée dans l'ombre, la respiration hachée et son cœur battant la chamade. Elle inspire comme pour se donner du courage et fait un pas en avant, sa petite silhouette se dessinant timidement.

— Tout va bien, Olina ?

— Je n'arrive pas à dormir, avoue-t-elle les joues rouges.

— Oh.

Elle ne dit rien de plus et le silence s'installe. Suis-je censé ajouter quelque chose de plus ? Mes manières sont rouillées et une sensation désagréable grimpe le long de mon dos. Je me sens étrangement embarrassé. Diable si c'est désagréable ! Le regard écarlate de la fée parcourt la pièce avec curiosité. La teinte unique de ses iris est sublime. Vive et lumineuse. J'en viens à me questionner sur la nature de sa fleur, une rose ou une tulipe peut-être ? Et puis, je me rappelle son dos mutilé, de la partie lisse et de la cicatrice encore à vif. Il n'existe qu'une sorte de fleur qui produit des fées avec des malformations. Les Coquelicots.

— Tu aimes lire.

Ce n'était pas une question alors je ne réponds rien. Affalé dans mon fauteuil préféré et positionné devant l'immense bibliothèque débordante de livres, j'imagine que c'est plutôt évident. Ou peut-être a-t-elle simplement remarqué les piles qui s'entassent près de la fenêtre, attendant que je leur trouve une place ? Peu importe. Je tourne la page qui clôture le chapitre que je lis, mais je suis distrait. Mon oreille reste concentrée sur les bruits qu'Olina produit. Il y a si rarement du bruit ici qu'il est impossible de ne pas l'entendre, et ce, malgré sa corpulence gracile.

Son regard se pose sur un large coussin posé au sol. Il doit être aussi grand qu'elle. Pourquoi diable le regarde-t-elle ainsi ? Elle étouffe un bâillement et ma patience disparaît.

— Je vais lire pour toi. Installe-toi sur le coussin, il a l'air de te plaire.

Ses iris écarlates me percutent. J'y lis trop d'émotions pour toutes les enregistrer, mais celle qui retient mon attention me fait toussoter de gêne. De la gratitude. Je lui offre un coussin au sol et ses yeux débordent de gratitude. Allons bon !

— Merci Lathan… il semblerait que tes histoires soient des berceuses efficaces, rit-elle en se laissant choir sur le coussin.

Je déplace ma chaise plus près d'elle et reprends ma lecture, à voix haute cette fois-ci. Mes mots sont presque chuchotés, comme je le faisais pour veiller à son arrivée. L'effet soporifique de ma voix est immédiat et presque offensant. J'esquisse un sourire qu'elle ne voit pas et continue de lire pour la fée.

Olina

Quelque chose chatouille ma joue. J'ouvre les yeux au son de la voix de Lathlan qui lit toujours. Combien de temps me suis-je endormie ? Ma joue est posée contre sa cuisse et je réalise que ce sont des mèches de cheveux qui me chatouillent. Lathlan, plongé dans sa lecture, ne s'est même pas rendu compte que ses doigts jouaient avec mes mèches. Toute mon attention est fixée sur la sensation que son geste me procure. D'agréables frissons pénètrent mon crâne et descendent le long de ma colonne vertébrale. Son doigt enroule délicatement une mèche avant de la laisser retomber. Puis il recommence. Ses mouvements sont légers et doux. La pulpe de ses doigts effleure à peine mon cuir chevelu et pourtant mon cœur sursaute chaque fois avec délice.

Fermant de nouveau les yeux, je laisse les vagues sensorielles m'envahir. Après la fin d'un chapitre particulièrement long, ses doigts se figent. Il retire sa main au moment où des pas lourds se rapprochent dans le couloir. Un sifflotement joyeux précède l'arrivée de Jurem. Ses yeux rencontrent immédiatement les miens et son sourire est ravi.

— La voilà ! Quelle merveille ! Et cette couleur ma chère, complimente-t-il son regard rivé au mien, elle est salvatrice !

Au-dessus de moi, je crois entendre un claquement de langue désapprobateur, mais lorsque je regarde Lathlan, son expression est méticuleusement neutre. Jurem se rapproche de nous, attrape un fauteuil et s'y laisse tomber avec un grognement appréciateur. Son attitude exubérante m'arrache un sourire. Il exulte de contentement et de bonne humeur. C'est communicatif.

— Jurem, bon retour.

— Elle parle ! Lathlan voyons, présente-moi donc !

Ses gros sourcils froncés ne font strictement aucun effet à

Lathlan. Celui-ci me désigne d'un geste gracieux du poignet, ignorant l'air faussement outré de son ami.

— Olina, voici Jurem. Jurem, Olina.

— Ah ma chère, tu as bien meilleure mine, Lathlan a pris soin de ton dos correctement ?

— Oui. Chaque jour. Je me sens beaucoup mieux merci, réponds-je sans préciser que sans Lathlan, je suis incapable de dormir.

Je ne sais toujours pas pourquoi Jurem m'a ramenée ici. Il y a quelque chose dans son regard de puissant. De l'espoir ? Comme si je détenais la solution à un problème. Il tourne enfin son attention vers Lathlan, et pointe un doigt accusateur devant sa poitrine.

— Lathlan, as-tu offert un Lapin de chocolat pour la Saison des fleurs à notre douce invitée ?

— Non.

— Il va falloir y remédier immédiatement ! Inacceptable ! Quel genre de rustre es-tu donc devenu ?

Je tourne la tête juste à temps pour voir Lathlan rouler des yeux, retenant un soupir avec difficulté.

Lathlan

L'odeur de la fée a changé. Ses dernières nuits, Olina a beaucoup bougé. La journée, pendant que je dors, elle profite du soleil et des plantations dans le jardin. S'étant mis en tête de faire un potager, Jurem s'est chargé de récupérer les instruments nécessaires à la fée pour ce projet.

La nuit, nous restons ensemble dans la bibliothèque. Seulement, son énergie n'est pas en accord avec la blessure de son dos. Celle-ci s'est rouverte et dégage une odeur qui ne me plaît pas.

— Ta plaie s'est infectée, accusé-je après avoir changé son pansement.

— Est-ce que c'est grave ? s'inquiète Olina en gesticulant sur place.

— Si seulement tu arrêtais de bouger constamment. Tu dois te reposer.

— Mais…

— Olina.

Elle tressaille sans répondre. J'ai peut-être parlé un peu trop froidement. Avant que j'aie pu m'en excuser, elle se rhabille et sort. Quel idiot ! Tu aurais pu le dire autrement. Si seulement elle arrêtait de bouger sans arrêt !

Le regard fixé sur le bout de mes doigts, je me retiens de les porter à mon nez. Entre le souvenir de la texture soyeuse de ses cheveux et l'odeur du sang qui m'appelle, je ne me reconnais plus. Ridicule ! Mes canines s'allongent à la perspective de goûter son fluide vital. Reprends-toi Lathlan ! Qu'est-ce qu'il t'arrive bon sang ! Tu fais peur à la fée et maintenant tu te comportes comme un animal ? Jurem a une mauvaise influence sur toi !

— Une idée de la raison pour laquelle Olina ronchonne sous un buisson sous la lune ?

Comme convoqué par mes pensées, la voix de Jurem me fait sursauter et prendre une position défensive. L'air nullement effrayé, il attend que je reprenne contenance puis ses yeux brillants de moquerie croisent les miens.

— Oh oh ! Je voiiiiis, glousse-t-il avant de sortir en sifflotant.

Il voit ? Il voit quoi ? Je le rattrape dans le couloir légèrement perdu.

— Elle grogne sous un buisson ?

— Elle ronchonne, corrige-t-il avec un rictus hilare.

— Sémantique. Pourquoi diable souris-tu comme ça ?

— Pour rien. Va soigner notre fée avant qu'elle ne prenne froid. La lune ne va pas lui tenir chaud. Tu sais comment n'est-ce pas ?

— Évidemment que je sais com…

— Oh oh… cette expression ! Jurem, que tu es doué ! s'exclame-t-il avant de me laisser face à la porte de derrière.

Allons bon, le voilà qu'il se parle tout seul. Incrédule, je souffle par le nez et sors. J'entends Olina marmonner et discerne des craquements de branches. Est-ce qu'elle s'imagine en train de briser mes os ? Mes paroles n'étaient pas si violentes, si ? Depuis que la fée est arrivée, je passe mes journées à me torturer l'esprit de questions. Je devrais lui tordre le cou et en finir avec mes tourments ! *Lathlan, la violence n'est pas la solution.*

Volontairement, je fais bruisser l'herbe et les branches sous mes pieds, annonçant mon arrivée à Olina. Ses yeux magnifiques me foudroient sur place. Je m'accroupis en face d'elle en levant les mains. C'est un signe universel de paix n'est-ce pas ?

— Mes excuses. Mon inquiétude a pris le pas sur mon comportement. Me laisseras-tu soigner ton dos en guise d'excuses ?

Quel hypocrite ! Tu pourrais préciser comment tu comptes la soigner ! Olina étudie mon visage, la colère se dissout de ses jolis traits. Elle dit quelque chose d'une petite voix, mais je suis incapable de comprendre les mots. Je me noie dans son regard écarlate, littéralement. Son rire explose soudainement et je reprends mes esprits.

Diable si cette fée ne chamboule pas mon existence !

Olina

Je n'ai pas pu m'en empêcher. L'expression sur son visage était trop amusante. À quoi pensait-il ? Un sourire que je sais moqueur accroché au visage, je répète ma question.

— Est-ce qu'on retourne à l'intérieur ?

— Ton dos est infecté. Je dois faire… sortir le sang infecté, explique-t-il d'un ton d'excuse.

— D'accord… ?

— Tu ne comprends pas.

— Je ne comprends pas quoi ? répété-je en croisant les bras.

Le geste me fait grimacer de douleur. Je déteste ne pas pouvoir bouger comme je le souhaite. Sa réflexion sur ma condition m'a blessée très certainement parce qu'il avait raison. J'ai un mal fou à rester en place. Pour autant, j'en ai besoin. Peu importe si cela a aggravé ma blessure. Bouger c'est comme respirer. Tant pis pour mon dos.

— Je dois aspirer l'infection, clarifie-t-il en pinçant l'arête de son nez.

— Oh… OH ! comprends-je enfin son expression troublée, tu ne vas pas me tuer n'est-ce pas ?

— Bien sûr que non ! réplique-t-il offensé.

— Bon alors, allons-y.

Mon manque de peur l'inquiète presque autant que ma blessure. Mon cœur s'accélère à cette pensée. Son expression change totalement. Je sais qu'il entend les battements. Comme une chanson pour son âme de prédateur. Ses iris se dilatent et ses canines s'allongent. Étrangement, je n'ai toujours pas peur. Ma peau se couvre de frissons et ma bouche s'entrouvre d'anticipation. Lathlan ne rate pas une miette du spectacle que je lui offre et honnêtement, je n'ai pas envie de le lui cacher. Je n'ai pas honte de ce que je ressens. Il éveille quelque chose chez moi que j'ai envie d'explorer.

Il se relève subitement et me tend sa main avec élégance. Il me redresse et attend. Ma tête se trouve au même niveau que son torse. Les joues légèrement rosies, je penche la tête et sursaute quand ses lèvres fraîches se posent sur ma jugulaire. Je ne l'ai pas vu bouger ! Un grondement sourd fait trembler sa bouche. Mes mains agrippent son veston et mes yeux se ferment. La pointe de ses canines effleure à peine ma peau et pourtant je me sens chavirer, comme droguée. Ses mains entourent ma taille au moment où ses dents percent ma gorge. La douleur se mêle au plaisir improbable. Son corps se presse contre le mien et un gémissement rauque sort de ma gorge. Il détache sa bouche quelques secondes pour cracher le sang infecté au sol. Sa langue caresse la plaie juste avant qu'il n'aspire à nouveau. Il répète le processus plusieurs fois. Je suis perdue dans les sensations délicieuses. S'il ne maintenait pas mon corps entre ses bras musclés, je me serais écroulée, le sourire aux lèvres.

Bien trop vite, il s'arrête. Sa bouche se décolle dans un bruit de succion qui me fait chavirer. Sa respiration est rapide et son souffle chaud sur ma gorge fait rouler mes yeux en arrière.

— Lathlan…

Ma plainte ressemble à une demande désespérée. Avide même. Il s'apprête à répondre quand son corps est secoué d'un éternuement puissant.

— Cette allergie de malheur !

Lathlan

Purger le sang d'Olina est loin d'être une corvée. Durant trois nuits, je nettoie son sang et déguste les sons que la fée n'arrive pas à retenir. Détacher mes mains d'elle s'avère de plus en plus difficile et nos regards restent accrochés sans réellement savoir ce qu'il se passe. Plusieurs fois, mon regard dérive sur la courbe de sa bouche.

La lecture à voix haute est devenue une habitude et j'attends ces moments avec beaucoup d'impatience. Je ne me suis jamais senti aussi vivant que depuis son arrivée. Détail qui n'a évidemment pas échappé à Jurem qui s'éclipse bien plus souvent que d'habitude. Ses allées et venues laissent dans l'air un parfum de citron et de romarin. Je le soupçonne de s'être amouraché d'une humaine, mais le nigaud n'a pas encore souhaité partager l'information. Je le laisse en paix. Je suis même étonné de voir qu'il fait de même. Lui qui n'est pourtant pas des plus patients, le voilà bien changé. *Comme c'est également ton cas.*

Cette nuit, il fait si sombre que j'ai dû allumer plusieurs chandeliers pour y voir quelque chose. Olina, assise sur son coussin à mes côtés, ne cesse de gigoter. Malgré ses tentatives pour rester discrète, ses inspirations et soupirs en disent bien assez.

— Ta cicatrice te gêne ?

— Un peu.

— As-tu passé de l'huile dessus ?

— Je n'arrive pas à l'atteindre…

Sa moue gênée me pousse à me lever. Je sais où se trouve la bouteille d'huile achetée exprès pour soulager son dos. Lorsque je reviens, elle n'a pas bougé, mais un petit sourire orne désormais son visage.

— Laisse-moi… ?

Elle acquiesce de la tête et je me mets dans son dos. Elle laisse glisser son vêtement et je me retiens non sans mal de caresser sa peau. Tout chez elle me fascine et diable si je n'ai pas pris goût à l'odeur fleurie de sa peau. À la douceur de celle-ci et aux bruits qui naissent à la suite d'un effleurement. Je ne résiste pas à embrasser la cicatrice sur sa nuque.

Réalisant ce que je viens de faire, je me fige. Olina est tout aussi choquée. Je n'ai aucun contrôle de moi-même en sa présence.

— Mes excu…

D'un mouvement vif, elle se retourne et pose ses lèvres chaudes sur les miennes. Son baiser est court, mais intense. J'en oublie ce que je disais avec une rapidité déconcertante. Un grognement appréciateur fait vibrer ma gorge en réponse.

— Ne t'excuse pas, murmure-t-elle tout contre ma bouche, s'il te plaît.

Incapable de parler, je souris en réponse et frotte mon nez contre le sien, m'enivrant de son odeur et de la chaleur de son souffle sur mon visage. Elle se retourne et je fais chauffer l'huile entre mes mains. Son dos tendu ne se détend pas sous mes doigts. La cicatrice est encore rouge et boursouflée et doit lui faire mal. Jurem et moi avons prévu d'arracher les bras de ceux qui ont osé lui faire ça. Pour une fois, nous serons les monstres qu'ils pensent que nous sommes.

— Tu n'aimes pas le soleil ? demande-t-elle subitement.

— Je dors le jour et je vis la nuit. C'est comme ça que je suis, tenté-je d'expliquer.

— Oh… le soleil ne te manque pas ?

— Avant il me manquait. Je ne me rappelle plus ce que vivre le jour signifie. Mais…

Olina se retourne alors, la curiosité illuminant ses iris écarlates. Avec une infinie douceur, je presse mes lèvres sur le coin des siennes.

— Mais ? insiste-t-elle d'une voix délicieusement rauque.

— Mais, commencé-je en reprenant mon massage, vivre la nuit n'est plus si désagréable à présent.

À propos de Chalice

Elle s'appelle Carolanne, mais préfère utiliser son nom de plume, Chalice Autumn, et elle aurait bien besoin d'une psy. Chalice écrit parce qu'elle adore ça évidemment, mais surtout parce qu'elle en a besoin. Ses histoires la hantent. Oui, oui, vous avez bien lu. Plus elle met du temps à les écrire, plus elles se développent dans sa pauvre tête. Ses histoires sont si actives et organisées que Chalice doit régulièrement prendre des notes pour ne rien oublier. Elle a bien réussi à se débarrasser d'une histoire, qui est d'ailleurs son premier roman, *Chargée d'épines*, Tome 1, *La Promesse de Sang*, mais d'autres nouvelles histoires l'ont vite remplacée. Chalice se retrouve forcée de négocier avec ses personnages qui sont rarement d'accord avec ses choix narratifs ! Vous pourrez avoir un avant-goût de ces discussions loufoques sur son compte Tik-Tok ou Instagram : chaliceautumn.

Printed in France by Amazon
Brétigny-sur-Orge, FR

19886720R00103